U0906540
Re:从零
Re: Life in a different world from zero
开始的异世界生活 28

『得到「九神将」的支持。』

『我有手段消除你的顾虑。
确切地说，是为了达成我的目的而采取的必要手段。』
『必要手段是……』

「你的名字。难道你在失去自我的同时，连名字也没有了吗？
不过，也不是无名氏，
妾身听到别人用名字呼唤过你。妾身记得是……」
「我是雷姆。」

『你叫什么名字？』
『咦？』

『有幸在此处一睹尊容，深感光荣。
毕竟奴家以前费尽心机邀请，您都不肯移动大驾呢。』
『那是邀请？』
『难道那位姐姐是
为了吸引小亚伯注意，
才发动谋反吗？』
『希望不是吧。』

[日] 长月达平/著
[日] 大塚真一郎/绘
miyuki/译

Re: 从零开始的异世界生活 ㉘

Re: Life in a different world from zero

南方传媒 | 花城出版社
中国·广州

图书在版编目（CIP）数据

Re：从零开始的异世界生活. 28 / (日) 长月达平著；(日) 大塚真一郎绘；miyuki译. -- 广州：花城出版社, 2025. 3. -- ISBN 978-7-5749-0404-0

Ⅰ. I313.45

中国国家版本馆CIP数据核字第2024XA6430号

合同版权登记号：图字 19-2024-286号

原著名：《Re:ゼロから始める異世界生活 28》，著者：長月達平，绘者：大塚真一郎

Re : ZERO KARA HAJIMERU ISEKAI SEIKATSU 28

本书为引进版图书，为最大限度保留原作特色、尊重原作者写作习惯，故本书酌情保留了部分外来词汇。特此说明。

出 版 人：张　懿

责任编辑：刘玮婷　徐嘉悦

特约编辑：易林子

责任校对：张　旬

技术编辑：林佳莹

装帧设计：袁国维

书　　名　Re:从零开始的异世界生活 28
Re:CONG LING KAISHI DE YISHIJIE SHENGHUO 28

出版发行　花城出版社
（广州市环市东路水荫路11号）

经　　销　全国新华书店

印　　刷　中华商务联合印刷（广东）有限公司
（深圳龙岗区平湖镇春湖工业区中华商务印刷大厦）

开　　本　787毫米 × 1092毫米　32 开

印　　张　8.5　4插页

字　　数　220,000 字

版　　次　2025年3月第 1 版　2025年3月第 1 次印刷

定　　价　40.00元

联系地址：中国广州市黄埔大道中309号羊城创意产业园3-07C

电话：（020）38031253　传真：（020）38031252

官方网址：http://www.gztwkadokawa.com/

广州天闻角川动漫有限公司常年法律顾问：北京市盈科（广州）律师事务所

Re: Life in a different world from zero

The only ability I got in a different world "Returns by Death".
I die again and again to save her.

目录
CONTENTS

Re: Life in a different world from zero

目录

The only ability I got in a different world "Returns by Death".
I die again and again to save her.

第一章 热血沸腾的重逢

Re:从零开始的异世界生活

Re: Life in a different world from zero

1

——那是一名如同熊熊烈火般鲜艳强烈，又如同浓郁的鲜血般“红”的女子。

城郭都市瓜拉尔的都市厅舍突然化为战场，陷入一片狼藉，而独自在顶层俯瞰这片惨状的人物，手握着闪耀红色光芒的宝剑，拥有霸道的美貌。

她拥有一头炫目的橙色头发，身穿血色豪华霓裳。极具女性魅力的身姿握住宝剑，即使只看背影也能给人留下强烈印象。

此时，张开双手的昴目瞪口呆地看着这背影，思绪陷入了混乱之中。

为什么——数不胜数的疑问占据了昴的脑海。

“凡夫，看你一脸呆滞，是被妾身的贵气灼伤了眼睛吗？”

“唔，你不会背后长眼睛了吧？”

“蠢货。妾身看着像那种异形吗？凡夫俗子的表情，妾身只靠气息便能知晓。”

她是仅用一句话便让昴恢复正常的女子——普莉希拉·跋利耶尔。

她长着一张诠释了“桀骜不驯”四个字的脸，是卢克尼卡王国的国王选举候选人之一。既是昴的知己，又是本不应该出现在佛拉基亚帝国的人物。

“那么——”

不等众人发问，普莉希拉的红色眼睛斜着扫视周围。

在沦为颓垣败瓦的都市厅舍顶层，负伤的“修德拉格之民”和帝国二将迪克尔无法动弹，只有昴和他身后的雷姆，以及身处阳台的亚伯还神志清醒。

而这一切的始作俑者是……

“阿拉基亚。”

普莉希拉凝视着呆站在原地的半兽人，薄唇道出对方的名字——阿拉基亚。

这名少女被誉为佛拉基亚帝国的第二强者，从稍微展露的实力可以看出和称谓相符。少女的右眼没有包裹眼罩，红色的瞳孔凝望着呼唤自己的普莉希拉。

坚定的自我即将与使命感发生碰撞——不对，并不是。

“公主……殿下……”

阿拉基亚直到刚刚依然保持着超然状态，决意坚持自我，可在接触到普莉希拉的视线后，她的世界瞬间瓦解了。

“公主殿下、公主殿下、公主殿下……”

围绕着阿拉基亚的危险气息散去，阿拉基亚仿佛确认一般反复喃喃道。

这种感觉就像迷途的幼童和父母重逢，又像年幼的弟弟妹妹想要回忆和哥哥姐姐的牵绊一般，是一种紧紧抓住不放的执着。

昴和其他人都不知道普莉希拉与阿拉基亚的关系，只知道二人之间有着非比寻常的过去，而正是这段过去让阿拉基亚的战意受挫。

阿拉基亚垂下紧握的细长树枝，一副感慨万千的模样向前迈步。她想顺势扑进普莉希拉怀内，与对方分享重逢的感动。然而……

“公主殿——”

“闭嘴。”

她的愿望落空了。

一道剑光伴随着短促且严苛的话语横扫而出。

赤脚的阿拉基亚正想向前迈出一步，可距离她脚趾几厘米的地方被一道红色轨迹横切，燃起的红色火焰阻断了她前进的道路。

火焰高度只到小腿处，火力也只相当于篝火。

如果阿拉基亚想跨过去，以她的腿长可以轻松跨过这种程度的火焰——可是，她一动不动，仿佛有不可逾越的灼热在面前阻挡。

面对思考中断的阿拉基亚，普莉希拉继续冷冰冰地说道：

“阿拉基亚，方才为何要靠近妾身？”

“咦……”

“难道你以为妾身会因重逢的喜悦将你拥入怀中吗？若是如此，妾身只会为你的天真感到惊讶。”

普莉希拉的每句话都彻底地将阿拉基亚拒之门外。

阿拉基亚明白了二人之间的隔阂，错愕地睁大眼睛，眼神游离。她的视线无法集中，拼命地寻找最佳途径以回应普莉希拉的这番话语。

“普……普莉斯卡殿下……”

“普莉斯卡已经死了。尽管岁月流逝，还得到了如此地位，你依然毫无长进。”

仿佛期待落空似的，普莉希拉毫不掩饰地叹气。

说实话，要揣测普莉希拉的真正用意和内心想法，仅靠现在掌握的情报远远不够。只不过，连昴也明白她那番冷酷无比的话语撕裂了阿拉基亚的内心，让其渗出滴滴鲜血。

和自己缔结了重要牵绊的人，当面否定了这种牵绊。这种深刻的痛楚，昴也感同身受。那是让人无法站立的痛，即使抱头蹲下也情有可原。出乎意料的是，阿拉基亚没有弯腰，一只红眼睛反而被激情点燃。

这并不是怒火，而是名为决意和决心的灯火。

“无论公主殿下怎么想，都没关系。虽然很痛苦，但是，我已经决定了。”

“呵，决定了啊。能唤回妾身的关心吗？决定什么了，但说无妨。”

听了阿拉基亚平静的话语，普莉希拉有意无意地用挑衅的语气说道。听后，阿拉基亚抬起头咆哮：“我要——”

她一边大喊，一边弯下纤细的身躯。

“从帝国手里！夺回公主殿下的家！为此——”

阿拉基亚激动万分，感情的矛头没有对准不为所动的普莉希拉。她单眼的视线从普莉希拉身上离开，看向了另一个方向。这份激情的矛头对准了仍在阳台处观看事态发展的黑发美男子——亚伯。

“要把这个撒谎的陛下——”

阿拉基亚的瞳孔燃起了激情，细长的身躯往空中跳跃。她无视了隔绝在自己和普莉希拉之间的火焰，锁定了位于阳台的亚伯。

而现在能阻止她的人并不是已经伤痕累累的昴和雷姆。

“普莉希拉！”

昴朝着眼前的背影呐喊。然而，手持宝剑的普莉希拉纹丝不动。她那双红色瞳孔看着飞向阳台的阿拉基亚和只能一动不动地看着对方的亚伯。

亚伯额头淌血，抓住半毁的阳台扶手撑起身子。他没有与帝国最强者阿拉基亚战斗的实力——意外的是，他的黑色瞳孔里并没有流露出绝望。

“亚伯——”

见普莉希拉无动于衷，昴想冲向前，却在刚迈步时一个踉跄。双脚不听使唤，他只能伸长手，眼睁睁地看着阿拉基亚向亚伯逼近——而在下一秒，接连发生的种种事情超出了昴的理解范围。

亚伯依然死死盯着向自己步步逼近的阿拉基亚，用力踩住阳台地板。下个瞬间，半毁的阳台地板裂缝逐渐扩大，脚下的支撑整个崩塌。

失去支撑的亚伯无计可施，只得顺势坠落——不，他的身体悬在半空。他高举手臂，抓住了钩住阳台的窗帘。

方才他的手倚在扶手处，原来是扶手下面藏了救命绳索，因此他主动毁掉了阳台地板。

假如对方是乌合之众，这个策略说不定会在崩塌时让他们一同坠落，实现一网打尽。

不过，他的对手是帝国最强的“九神将”，而且是排名为“贰”的强者。

“小把戏……哼！”

亚伯抓住救命绳索，像钟摆似的摆动，阿拉基亚朝他龇牙。

她中了亚伯的计策，因此失去着陆点。只可惜，她的强大之处本来就不只有超乎常人的体力，还有超乎常人的异能力。

上一秒，她的双脚像摇曳的水蒸气，眨眼的工夫，膝盖以下部分就燃起火焰。化为火焰的双脚如同机动兵器的喷射器，在空中就止住了下坠的趋势。

烧伤米杰尔达的火焰，吹倒众人的龙卷风，让地板变形支撑倒地柱子的法术，解除雷姆武装的大风，现在甚至将自己身体的一部分变成火焰。

阿拉基亚丰富多彩的超能力和其带来的威胁简直深不见底。

“陛下，去死吧——”

接着，她挥舞不知蕴藏多大威力的树枝，指向无力维持平衡，只得顺着窗帘不停打转的亚伯。

不知道她要用树枝突刺，还是施展魔法，抑或是要发挥更加与众不同而超乎寻常的效果——虽然不清楚，但无论哪种，亚伯都会粉身碎骨。

昴唯一可以肯定的只有这一点，焦虑和紧迫让他不由得眯起黑眼睛。然而……

“糟糕，兄弟。现在就连我也要听到声音才认得出兄弟。”

瞬间，一个人影冲进了杀气腾腾的阿拉基亚和悬在半空中的亚伯中间。

人影在被变形地板支撑的柱子上穿梭，朝伸向亚伯的树枝使出攻击。人影用刀身宽厚的青龙刀使出一击，强行削弱了阿拉基亚进攻的势头。

一方面，阿拉基亚见攻击受阻，便咬紧嘴唇增强脚部火力，抬升高度；另一方面，见自己用尽全力发动奇袭却被轻松挡下，当事人发出“呃啊啊”的声音，落地后懊悔地捶胸顿足。

“可恶，手臂好疼！我可是用尽了吃奶的力气，怎么可以这么轻松就挡下来。很受打击啊。”

他一边甩动被打得发疼的手腕，一边用怨言总结刚刚发生的事情。

虽然是不像样的总结，但哑口无言的昴已经没有挑他毛病的心思了。

眼前又出现了超乎他想象的人物，昴只得瞠目结舌。

对方头戴漆黑头盔，脖子以下的打扮看着和山贼差不多，就像是强盗土匪一样。再加上左边空空荡荡的独臂特征，简直让人难以忘怀。

昴认识这名男子。既然普莉希拉在场，便能让人自然而然地联想到他也会在。这个人就是……

“阿尔？”

“哟，兄弟！没想到会在国外遇到你，真是奇妙的缘分！”

没错，这个不合时宜地用轻松语气说话的人，就是国王选举候选人普莉希拉的随从——阿尔。

就这样，昴和在异世界认识的同乡，在异国的土地不期而遇了。

2

“阿尔，你为什么……”

“哎呀，兄弟，先等一下。我知道你在想什么，关于彼此的装扮，我也很想和你讨论一番。不过，现在时机有点不合适。”

阿尔歪着头，漫不经心地回答。虽然回答的语气和平常差不多，但他刚刚才与阿拉基亚交过手，现在正忙着牵制飘浮在空中的敌人。

昴第一次目睹阿尔战斗的姿态，没想到他居然能和阿拉基亚抗衡——

“嗯，你尽管惊讶吧。毕竟不能一招就成功。”

“让开！我杀不了，陛下！”

“我可是特意来碍事的，怎么可能给你让路？不过，真是那个啊……”

阿拉基亚怒形于色，阿尔却不客气地从正面打量她。

一身褐色肌肤的阿拉基亚只用最有限的布料包裹重要部位，但阿尔并没有用下流的视线盯着衣着暴露的她。相反，他的视线里流露出莫名的深沉感慨。

“啊——长得还不错嘛。我就知道你长大后会是个美女。”

“你是谁？”

“你这个问题，就算是我也会受伤啦。我们明明曾经将性

命交托给彼此！”

见阿尔一副以熟人自居的模样，阿拉基亚皱眉，一脸疑惑。这时，阿尔把地板碎片踢向她瘦小的身躯，以此展开牵制并拉开距离。

普莉希拉在远处看着阿尔的行动，简短地喊了一声：

“阿尔，你理应明白妾身带你而不是修尔特的意图。好好工作。”

“我在工作啊！我看起来像是和可爱小姑娘玩得很开心的样子吗？要是分一下神，我可是会在十秒内被打成碎渣哟！”

“就算妾身看到那般景象，和现在又有何区别呢？”

“再怎么说也肯定比一堆碎渣好吧?!哇?!”

听到主人冷漠地为自己加油，分了神的阿尔在阿拉基亚的攻击下险些丧命。

阿拉基亚在半空中飞舞，盘旋的姿态显得比鸟儿还自由自在。她不断使出树枝攻击，阿尔则拼尽全力一一挡了回去。

“碍事……”

“被年轻小姑娘这么说，我这个大叔的心真的会受伤啊。”

阿尔继续保护着悬在窗帘上的亚伯。

阿拉基亚俯视二人，眼神里充满怒火，全身逐渐迸发出战意。然而，她并没有像一开始那样使出可怕的大范围攻击，理由是……

“普莉希拉……”

公主殿下——这是阿拉基亚对普莉希拉的称呼。

普莉希拉态度冷淡，但阿拉基亚不一样。这就是阿拉基亚没有施展大范围攻击的原因。

因此，能改变现状的应该只有普莉希拉一人。

“别用苦苦哀求的眼神看着妾身，凡夫。姑且可以赞赏你那副伪造的姿态，但若以为这样就能让妾身行动，未免也太不敬了。”

“唔……”

昴保持着双膝跪地回头看普莉希拉的姿势，居高临下的普莉希拉却冷淡得让他无法接近。

听到对方如此回答，昴一时语塞。没想到，有人代替他行动了。

“拜托您。请您助我们一臂之力。”

说话人是一直被昴保护在身后的雷姆。

看着抿紧嘴唇、脚步不稳的雷姆，普莉希拉用鼻子哼了一声，说道：

“态度值得表扬。和凡夫相比，还算懂礼貌。”

“那么……”

“耐心点。还有仔细看，改善现状的条件已经齐备。”

雷姆的恳求没有惹怒普莉希拉，她抬了抬下巴，示意二人看向战场。

“咦？”雷姆听后，惊讶地看过去，昴也往相同方向看去。

“嗒！嘎！哇哦！呱！呜吼！”

阿拉基亚用燃烧的双脚在空中飞舞，不断采取攻击一次就拉开距离的战术对付阿尔，阿尔和亚伯稍不留神便会命丧黄泉，形势未曾改变。

阿尔奇迹般的防御也没能持续，青龙刀终于被敌人的攻击狠狠弹飞。

他在冲击下失去平衡，敌人在他毫无防备的状态下又发动下一波攻击——就在这一瞬间。

“唔?!”

阿拉基亚正要蓄势前行，身体却不自然地晃动，不听使唤。

她惊讶地瞪圆了眼睛，拼命忍住想哀号的冲动，说明这种情况连她本人也预料不到。

到底发生什么事了？包括阿拉基亚在内的所有人都诧异地屏住了呼吸。只有两个人一脸平静，分别是悠然自得地注视着事态发展的普莉希拉，以及处于这场激烈的攻防战中心的幕后推手——

“动手吧！”

“拜托稍后揭开谜底！”

一道声音划破焦臭的空气，是悬在半空中的亚伯。

听到他的号令，阿尔狼狈地收回青龙刀，往空中纵身一跃。他趁势向在空中失去平衡的阿拉基亚毫不留情地展开攻击——不，他还是手下留情了。

他在千钧一发之际翻转青龙刀，用刀背攻击对方。

“蠢货。”

看穿他留敌人一命的小动作，普莉希拉简短地甩下两个字。她利用超乎常人理解的洞察力，已经正确预料到了事态发展。

“退后……”

就在冲突发生的那一瞬间，低沉的声音和撞击的画面让昴不由得背过脸。

阿尔使出全力攻击，阿拉基亚举起左臂抵挡，结果整个胳膊被折断。鲜血喷溅，白骨刺破皮肤，只不过这招不足以致命。

紧接着，阿拉基亚燃烧的双腿瞄准了阿尔的脖子，冲击让他整个身体被甩出阳台之外。

“啊啊啊啊——”

伴随着不堪入耳的哀号，阿尔的身影从众人的视野中消失。

他的安危先放在一边，如此一来，挡在亚伯和阿拉基亚之间的障碍就消失了。只见阿拉基亚一度出现故障的双腿已从火焰形态恢复正常形态，双腿着地——此时，一道黑影突然从后方向阿拉基亚扑去。

“噢噢噢噢噢噢噢——”

伴随着勇猛的呐喊，黑影把瓦砾卷飞，突然袭向阿拉基亚。这道黑影反手握着一把大刀，任凭狩猎本能驱使，不断使出粗暴的攻击。

强大的气魄过于惊人，众人过了好一会儿才察觉发动奇袭的影子的真正身份——

“米杰尔达小姐!!”

“啊啊啊啊!!”

米杰尔达没有应答，而是发出撕心裂肺的咆哮。

阿拉基亚闯入都市厅舍后，米杰尔达就沦为阿拉基亚首轮攻击的牺牲者。米杰尔达浑身被火焰焚烧，让人惨不忍睹，她却在这种情况下持续着仿佛要燃尽生命般的攻击。

和阿尔不一样，米杰尔达不会在紧要关头对猎物手下留情。昴在一旁观看了这场战斗，此时才恍然大悟，原来亚伯那句“动手”是对米杰尔达说的。

亚伯预料到阿拉基亚会失控，于是鼓励濒死的米杰尔达奋战。

在刚刚那种突发而且被认为是一边倒的情况下，昴无法想象亚伯到底消耗了多少脑细胞才想出这番神机妙算。

然而，就算这样也还差一步。

“唔。”

米杰尔达燃烧所剩无几的生命使出的一击被阿拉基亚轻松挡下，然后展开反击。

阿拉基亚用树枝向米杰尔达刺去，尖端轻而易举地贯穿了米杰尔达发达的腹肌，彻彻底底地破坏了重要脏器，将亚马孙族强壮的身体推向死亡……

“这下，终于……”

“你在看哪里？”

就在阿拉基亚以为除掉碍事者，放松警惕的瞬间——米杰尔达嘴角冒着血泡，目光炯炯有神，双手抓住了阿拉基亚的手腕。握住树枝的右手腕被用力握住，阿拉基亚动弹不得。

米杰尔达制造的这个停滞的瞬间，也许是最后的好机会。

可惜的是，亚伯的智谋和米杰尔达的牺牲创造了这一瞬间，但包括昴在内的一行人都没能好好利用。

话虽如此——

“挺起胸膛来，鬼族姑娘。你的恳求换来了妾身的一击。”

虽然我方人员派不上用场，但还有第三股势力。

普莉希拉一直在俯瞰战况，她仅用一步就拉近了距离，瞄准了阿拉基亚毫无防备的后背。

阿拉基亚马上察觉到背后逼近的杀气，试图转身迎击，却事与愿违—— 一察觉到这股杀气的主人，她便无能为力。

“公主——”

阿拉基亚始终无法切断自己对普莉希拉的执着，红色剑光攻击落在了阿拉基亚的背上。

啪。从背部喷涌而出的鲜血被烈焰灼烧，阿拉基亚的身体剧烈摇晃。

“妾身应该说过，阿拉基亚——在和妾身再次见面之前，要下定决心。”

二人过去许下的约定，旁人没有插足的资格。

昴只察觉到，普莉希拉毫不留情的一击就是对这个约定的答案，而阿拉基亚的恋恋不舍也是答案。

阿拉基亚挨了红色宝剑的一击，整个人倒在地板上。

抓住她的手腕让她动弹不得的米杰尔达也受其牵连，二人缠在一起，一同倒在地上，就像断了线的人偶似的耷拉着四肢。

接着便是一阵沉默，仿佛刚刚的攻防战争不曾出现。

“米杰尔达小姐！”

雷姆焦急的声音打破沉默，她向米杰尔达身边靠近。

她迈着蹒跚的步子，用几乎是爬行的姿势靠近和阿拉基亚一同倒下的米杰尔达。一碰到人，对方遍体鳞伤的模样就把她吓得说不出话来。

米杰尔达全身被灼烧，被狂风吹飞，腹部还被刺穿。

看着她的伤势，雷姆咬紧牙关，毅然向她伸手，双手停留在她的身体上方。雷姆的手发出淡光，溢出治愈的光波。

——应该是在不知不觉中回忆起治愈魔法的使用方法吧。

“没时间让你发呆，快来帮忙！”

“啊。”

昴一动不动，沉浸在雷姆的动作中，这时传来亚伯的呼唤。

昴甩甩头，奔向原本是阳台的废墟，然后和依然悬在半空中，一脸无畏的亚伯对上视线。

“你还活着吗？贼运挺强啊。”

“你也一样，嘲讽别人的功力依然不减。”

亚伯依然嘴上不饶人，昴皱了皱脸，抓住窗帘把他拉上来。

说实话，昴本身也伤痕累累，更不用说被他拉上去的亚伯。虽然昴想马上放空脑袋，呈大字形躺倒，不过现在的情况不允许他这么做。

“不只是米杰尔达小姐……”

阿拉基亚的暴行让众人受伤，纷纷倒在了地上。

在这种使用治愈魔法属于奢侈行为的环境下，不依赖魔法的疗伤也很重要。现在不是躺倒在地的时候。要是在这里躺下，就等于允许失去同伴。

昴绝对不容许这种事情发生，所以……

“给我赶紧上来……”

昴咬紧牙把窗帘往上拉，拉到快碰到的距离时一把抓住亚伯的手。借助回握的力量，昴总算把这个比自己个头还高的男子拉了上来。

“辛苦了。值得表扬。”

“真烦人……”

昴无视亚伯毫无诚意的赞赏，小声咂嘴。

接着，就在昴打算为其他伤员疗伤，抬起沉重的腰杆时——

“凡夫，不要擅自行动。搞清楚这里的统治者是谁。”

瘫坐在地上的昴和跪坐着的亚伯都沉默了。

那是双手抱胸，穿着一袭红装的美人——普莉希拉，她用充满气势的目光和声音让二人乖乖闭嘴。

昴认识她，对昴来说她并不是陌生人。但是，他们的关系也没到要好的地步。不仅因为国王选举中二人处于对立阵营，还因为普莉希拉的独特气质。

无论对方是谁，普莉希拉都是一副骄傲自大且不知谦让的态度。在目的一致的情况下，她是强而有力的伙伴，否则便是让人捉摸不透的定时炸弹。

在水门都市普利斯提拉的战斗中，普莉希拉是可靠的同伴。情况一转，这次又会怎样呢？

她出手帮忙击退了阿拉基亚，可以把她当作同伴吗？

不管怎样……

“虽然让人气愤，不过在这种情况下，统治者就是你吧，普莉斯卡·贝内迪克特。”

昴一动不动，沉默不语，而亚伯代替昴开口说道。

亚伯维持单膝跪地的姿势，用不同的名字称呼普莉希拉。

然而，除了他之外，倒地前的阿拉基亚也是如此称呼普莉希拉。

听到这个称呼后，当事人轻哼一声。

“很遗憾，普莉斯卡·贝内迪克特早已战败，凄惨死去。已经在坟墓里的人，无法开口说话。”

“是吗？那么，你是什么人，叫什么名字？”

“普莉希拉·跋利耶尔。这才是妾身的名字。给妾身好好记住，文森特·亚伯克斯。”

普莉希拉大大方方地回答问题，和亚伯视线交错。

普莉希拉知道亚伯的全名，亚伯则用另外一个名字称呼普莉希拉。昴强烈地感受到二人间的关系非同寻常，他静静地屏住呼吸，然后慢慢地撑起身子，瞪着普莉希拉。

“不许动。妾身应该下过命令吧？”

“哦，我听见了。不过，见鬼去吧。我还有事情要做。”

“哦？居然敢在妾身面前大呼小叫。”

空气中弥漫着烧焦的气味，昴感觉到普莉希拉的视线愈发炽热。

然而，昴不打算退缩。要他为了讨好普莉希拉而延误治疗伤者，他绝对不允许这种事情发生。怎么能因为二人关系不好就害人丢掉性命。

无论她说什么，昴都要——

“普莉希拉，你拔出几次‘阳剑’了？”

单膝跪地的亚伯突然向普莉希拉发问。

亚伯慢慢站起身来，凝视普莉希拉。说实话，昴不懂这个问题的真正用意。普莉希拉握在手中的正是那柄“阳剑”——那柄散发出红色耀眼光芒的宝剑。

现在已经击败阿拉基亚，所以以空气为鞘的宝剑也被收起来了。

当然，如果有必要，普莉希拉会立刻拔剑——

“喂，有人来帮帮我吗？我快要撑不住了。”

从崩塌的阳台传来的声音打破了紧张的氛围。

是阿尔的声音。他被阿拉基亚的攻击打飞后，整个人挂在了建筑物外墙的结晶灯上。他凄惨的呼救，暂且改变了紧迫的状况。

“凡夫，去把他拉上来。这么吵，兴致都没了。”

“呃……”

普莉希拉边说边抬起下巴示意崩塌的阳台。

方才剑拔弩张的气氛仿佛被一扫而空，普莉希拉若无其事地向昴下达命令。她的态度转变让昴不由得翻了个白眼，看向亚伯。

这时，和昴一同目睹普莉希拉态度转变的亚伯叹息道：

“这样互相较劲也解决不了问题。你暂且照她说的做吧。”

“知道了。不过，我可不是你的部下。”

虽然昴对普莉希拉的任意妄为有不满，但要是指出这点后让她反悔了，事情也不好办。

于是，昴姑且反驳了亚伯，然后动身救助阿尔。

昴的脑袋被各种事情弄得乱作一团，他担心米杰尔达等“修德拉格之民”的安危，也在想之后怎样处理瓜拉尔的问题，还在思考亚伯和普莉希拉的关系。

他用力咬牙，先把这些事情放在一边，把注意力放在眼前的任务上。

就像雷姆为了救助眼前的生命而拼命努力一样。

昴也要为了尽快实现理想中的“无血开城”而努力。

3

拯救挂在都市厅舍外墙结晶灯上的阿尔，这项工作出乎意料地艰难。

毕竟，阿尔的一只手奉献给了异世界。若要把他拉上来，就只能去拉他仅余的另一只手了。

“真是帮大忙了，米蒂安小姐。如果只有我一个人，可真够呛。”

“没事没事！我才应该说抱歉，在关键时刻晕过去了。”

话毕，衣衫褴褛的米蒂安露出爽朗的笑容。

正当昴艰难地独自拯救阿尔时，米蒂安刚好醒过来并伸出援手。多亏了她的帮助，阿尔大难不死，舒展身躯躺在地上，感叹生命可贵。

“还是要说对不起！关键时刻我晕倒了，帮不上忙，我会反省的！”

“不，米蒂安小姐一点错也没有。请不要道歉。”

米蒂安为自己在阿拉基亚展开攻击时没有帮上忙而道歉。但在这件事上她完全没有道歉的理由，因为他们两兄妹本来就是被牵连进来的。

“你不能行动，也是因为你保护了弗洛普先生和乌塔卡塔……还有鲁伊。”

尽管提及鲁伊名字时昴有些许抵抗感，但他还是对米蒂安的行为表示赞赏。

在阿拉基亚掀起龙卷风把大厅吹得乱七八糟时，米蒂安马上保护了身旁的弗洛普和分别扛在肩膀两侧的乌塔卡塔和鲁伊，才会撞到头部而昏迷，没想到她本人会对此进行深刻反省。

昴希望她不要过分自责，眼前的她却嘀咕道：

“嗯——下次！下次一定不会让别人看到我丢脸的样子！期待我和哥哥明天的精彩表现吧，小夏美！”

“听到你这么说，我很受鼓舞。不过，两位不用再……”

昴本来想说“两位不用再帮助我们了”，如同太阳般开朗的米蒂安却“啊”了一声，瞪圆了眼睛轻松抹去了昴这句含糊不清的话语。

“我去那边帮哥哥忙，孱弱的他好像有点吃力！”

“嗯，好。”

“那么，小夏美，待会儿见！还有戴面具的人，幸好没有掉下去！”

米蒂安用力挥手后，风风火火地跑走了。

她直接跑去帮哥哥的忙，开始照顾伤者，昴看到这番景象，对奥康奈尔兄妹的歉意变得更深。要到什么时候才能还清这份恩情呢？

“真是高大又可爱的姑娘。不愧是兄弟，到了国外也精力充沛。”

“你这话让我毫无头绪到不禁发抖的地步。不过，我也觉得米蒂安小姐高大又可爱。对了……”

“嗯？怎么了，兄弟？”

阿尔一边活动颈骨，一边用一如既往的轻佻口吻说话。昴不由得瞪着他，眼神里充满了无法对普莉希拉展示的犹如发泄般的愤懑。

这也不奇怪。毕竟昴的疑问一直得不到解决。

“别摆出这种可怕的表情啦。难得化了妆和做了发型，很可惜哟。”

“很遗憾，因为那些混乱，妆容和发型早就毁了。真正的夏美·施瓦兹可比现在可爱多了，别搞错了。”

“夏美·施瓦兹啊。”

听到昴这个充满气场的伪名后，阿尔意味深长地笑了笑。

见昴对自己的态度表示诧异，他摇了摇头。

“没事、没事，我只是感叹这伪名取得很好。而且女装也很逼真，你的手艺能赚钱吧？”

“别岔开话题。首先，男扮女装的化装术不是为了赚钱。这个先放一边，你快回答：为什么你和普莉希拉会在这里……会跑到帝国？”

昴对这场意外的邂逅百思不得其解，他严肃地逼问阿尔。

在帝国偶遇普莉希拉和阿尔也太不寻常了。当然，从普莉希拉他们的角度来看，大概偶遇昴一行人也有同样的疑问吧。

“你的问题待会再说。先提出问题的人是我，你得先回答。”

“这真是崭新的意见。不过，兄弟真正想问我的不是这个吧？”

“什么？”

“我和公主在帝国的原因无关紧要，兄弟真正想问的是回去的方法……要怎样才能离开这个可怕而危险的国家，回到熟悉的家乡，对吧？”

这次轮到昴被阿尔的反问戳中痛处，哑口无言。

昴最想知道的就是回到卢克尼卡王国的方法，听到对方这么说，昴无从反驳。在这个问题面前，对阿尔他们的疑问也显得微不足道。

带着雷姆回到爱蜜莉雅等人身边，这是昴的头等目标。

“那么，你知道方法吗？能越过帝国国境，回到王国的方法……”

“我不知道，抱歉啊。让兄弟满心欢喜期待了一场，但我不知道。”

“你……”

“等一下，等一下，不要生气啦！准确地说，要离开现在的帝国是非常困难的事情。现在的情况是，进入帝国还好，要离开却难上加难。”

昴因为感情被随意玩弄而怒火中烧，阿尔让他先冷静。

阿尔的语气还是一如既往地让人看不清他的真正用意——在旁人眼中，昴也是这样吗？若真如此，那么昴真想深刻反省。

这个问题姑且不论……

“能进不能出。你讲得像谜语一样，原因到底是什么？”

“喂喂，这还用我解释吗？之所以不能轻易离开帝国，当然是因为有人逃跑就会出大麻烦啊。”

“也就是说，你也知道亚伯的身份吗？”

听了阿尔的回答，昴自然而然地得出这个答案。

虽然昴也听说过佛拉基亚帝国的出入境管制严格，但如果现在因为阿尔所说的条件而加强出国管制，那唯一的原因就是亚伯——不对，是佛拉基亚皇帝——文森特·佛拉基亚。

为了不让被赶下皇帝宝座而在逃亡的亚伯逃到其他国家，帝国才加强了边境戒备。结果，昴一行人要突破返回王国的巨大阻碍，难度依然很高。

“阿尔，你了解什么？如果你掌握的情报比我们多……”

“哎哟，我能说的就到此为止了。我可不想因为多嘴而惹怒公主。有想说的就去跟公主说吧。不过……”

说到这里，阿尔装模作样地停顿，向着急的昴耸耸肩。

“公主会不会说实话，我也不能保证。”

4

“我总算活着回来了，公主。你这边谈得怎么样？”

“没有什么进展。比起这场讨论，悬在半空的你应该比较有看头。”

阿尔一脸轻松地询问进度，普莉希拉则托着下巴，一脸无趣地回答。

都市厅舍的会议室里，聚集了包括普莉希拉在内的各方主要人物。

这座建筑物在阿拉基亚的袭击下严重受损，所幸坚固的地基还在，因此厅舍的会议室等大部分区域都还能使用。

会议室里摆放着一张大圆桌，亚伯和普莉希拉分别坐在圆桌两侧，相视而坐。除此之外，与会者还包括率领都市帝国军队的迪克尔二将及其参谋，还有以库娜为代表的数名“修德拉格之民”。

“哟，你没事啊，夏美。”

“应该我说这话才对。库娜，幸好你醒过来了。伤势怎么样了？”

“保莉的大块头身材帮大忙了。说实话，人家也很想快点逃出这个让人浑身不舒服的地方……”

被迫坐在圆桌旁的库娜面露难色地回应昴。

察觉她表情背后的原因，昴不禁垂下视线。她之所以会作为修德拉格代表参会，是因为没有其他人能代劳。

也就是说，族长米杰尔达和她妹妹塔里塔都不能出席。

“塔里塔心神紊乱，她要守在族长身边，保莉又不听人话，可就算是这样也不能把这差事交给人家吧……”

“不，我倒是觉得库娜既善于观察，处事也冷静，是合适的人选……尽管现在能做的只有祈祷米杰尔达小姐平安无事，真让人着急。”

“是啊。”

米杰尔达伤势严重，命悬一线，得知这一事实的塔里塔号啕大哭。

昴一边担心米杰尔达姐妹的情况，一边在大厅里扫视，寻找座位。他姑且算是提出攻陷瓜拉尔作战的人，但隶属于哪个派系则一直不明确。

“夏美小姐，如果您觉得为难，坐在我旁边如何？”

正当昴烦恼之际，迪克尔呼唤他并迅速站起身拉开椅子。

身材矮胖的他凝视着昴，露出绅士微笑。闻言，无暇换下女装的昴指了指自己，说道：

“那个……我想你应该已经注意到了，我是男扮女装。”

“如果您是在扮演女性，那么我就是在扮演男性。我信奉的男性形象，是无论对方是否伪装，都会对女性展现出绅士风度。”

“这……这就是传说中的‘好色之徒’……”

不是蔑称，而是享有“好色之徒”尊称的人——迪克尔的修养果然与众不同。

昴虽然为自己抱着轻率想法而男扮女装的行为感到内疚，但还是顺从了迪克尔的好意，坐在他拉开的椅子上，然后对他说道：

“不好意思。还有，在上面时谢谢你保护了我。多亏了你，我才捡回一条命。”

“不用客气，只是身体下意识的行为罢了。毕竟，我可是‘胆小鬼’。”

听了昴的道谢，迪克尔有点骄傲地自称“胆小鬼”。

大概是因为“胆小鬼”这个称号既是身为帝国之“将”的迪克尔·奥斯曼被发誓效忠的皇帝记住自己的证明，同时也巩固了自己不可动摇的生存之道吧。

而被这位杰出的迪克尔尊敬的皇帝亚伯——

“城郭都市瓜拉尔已被攻陷，并将率领驻留士兵的指挥官迪克尔·奥斯曼收归麾下。除此之外，还有巴德哈姆密林的‘修德拉格之民’。”

“远远不够。‘修德拉格之民’的勇猛事迹，妾身也有听闻。不过，要和帝国抗衡，战力还远远不足。”

“言之有理。普莉希拉，你有多少兵力？”

“妾身的私兵还没进入帝国。撇除那些，现在可称作妾身部下的就只有那边的铁盔小丑和醉汉剑士，以及除可爱外一无是处的侍童。”

亚伯与普莉希拉互相交换彼此的情报与状况，逐步展开话题。

二人的对话让人感觉充满智慧，无声地拒绝旁人介入。然而，此时昴偏偏打断对话，说道：“等一下。”

几次三番被他俩耍得团团转，现在还被当作无关人员，昴可不答应。

“哦哟，凡夫，原来你在。”

“当然在，虽然我自己说这话有点不好意思，但看到现在的我，居然说毫无印象，未免太离谱了吧。之前贝亚子看到我这副样子后，可是做了好一阵子噩梦啊。”

“你那身打扮，妾身应该赞美过了。还是说，你认为妾身会因为你用破布把阿尔拉上来这点小事而奖励你？”

“我没有期待奖励！不，还是稍微期待了。至少，我期待你能稍微听听我说话。”

昴双手撑在圆桌上，身体前倾。对此，普莉希拉眯起眼睛。

对方用估价似的眼神打量自己，昴却毫不畏惧。和刚刚不一样，现在自己身边还有库娜和迪克尔。只是说到这里，昴感觉自己像是可怜的防波堤。

“总之，你一副理所当然的样子出现在这里是为了什么？问阿尔也问不出个究竟，那就由你亲口告诉我。”

“烦人的问题。是为了和那边那个男子——文森特·亚伯克斯对话。”

普莉希拉抬起下巴示意坐在正面的亚伯，一脸平静地回答。听了答案后，昴用余光看了看双手抱胸的亚伯，问道：

“为了和亚伯对话？可是，你为什么会知道他在那里？”

“帝都鲁普加纳的皇帝宝座，有一个能转移皇帝的机关。只要有能力洞察政变，就能利用机关逃到东方——埋葬每一代皇帝的墓地。”

“皇帝的……墓地？”

“你就是用机关把自己转移到那里，对吧，文森特……不，现在似乎称呼你为亚伯较为恰当。”

普莉希拉将话题从昴转向亚伯，点燃眼里的火焰。

在灼热的视线注视下，亚伯叹气，点头说道：

“没错。现在称呼我为亚伯吧。至少，被夺走了王位的我，没有资格自称皇帝。”

“一本正经、恪守规矩、愚笨憨直……无论哪一种，都是相当软弱的思考方式。看来你在登上王座的期间，忘记了如何站起来。”

“看着现在的我，你还能这么说吗？”

面对普莉希拉毫不留情的嘲讽，亚伯果不其然也透露出危险的气息。

瞬间，双方火热的视线相互碰撞，昂甚至感觉到会议室里散发出一股烧焦的味道。看来这样下去谈判就要破裂，冲突在所难免——

“好了好了，两位都冷静点。再怎么争吵也解决不了问题，对吧？”

这番勇敢无畏的发言，就如同点着香烟大摇大摆地走进即将爆炸的火药库。只见阿尔嬉皮笑脸地把手肘靠在普莉希拉的椅背上：

“别看她这样，公主也有可爱的地方。为了用超快速度赶来瓜拉尔，她差点把坐骑飞龙折腾得没命了。说明她对这场感动的重逢如此迫不及待啦……哇?!”

“蠢货。”

阿尔想用普莉希拉具备人性的一面为她辩解，但主人完全罔顾他这份心意，反而用扇子狠狠地敲打他的肚子。

阿尔不禁悲鸣，身体弯成了弓字形，然后跪在地上。

“居然妄想代言妾身的心声，未免太过自以为是。你什么时候变得如此嚣张？身为小丑，就该有自知之明。”

“这……这么生气不就是最好的证明吗……而且，来救他也是事实吧？”

听了阿尔的话，普莉希拉眯起红色眼眸，表示不满。

然而，她没有用言语明确否定，就证明阿尔的话正中要害。

“普莉希拉……来救亚伯？”

昂觉得这个说法实在难以接受，内心不对劲的感觉挥之不去。

当然，如果光看结果和行动，普莉希拉确实救了亚伯和昂等人。只是，昂所知的她的性格，阻止了昂接受这个事实。

尽管她会打倒不合心意的敌人，可为了保护某人而战的逻辑，真的能在普莉希拉·跋利耶尔身上成立吗？

“你的眼神表示你在想让人不悦的事情。要妾身把你的眼珠挖出来吗，凡夫？”

“不，绝对不可能。来救人的人才不会说这种话。”

“不管怎么说，既然明白我利用王座的机关飞到东边，也能预想到我会和‘修德拉格之民’会合，来到城郭都市吧？”

“能预想到？”

虽然昴承认普莉希拉拥有超乎常人的洞察力，但亚伯轻易接受的事实，昴却难以接受。

哪怕摆在眼前的事实确实和推测吻合……

“不要打岔，兄弟。脑袋灵光的家伙已经接受了。在这里谈拢了，就能避免不必要的争执吧。”

“你真的觉得这样就好吗……”

“无论是好是坏，都只能接受了。就算开打，吃亏的也是那边——反正我和公主肯定会赢。”

阿尔保持跪在地上的姿势，小声断言道。昴对此感到有些吃惊。

说实话，昴没有想过阿尔会断言他和普莉希拉能获胜。本来阿尔这个人的性格，与其说是谦逊，不如说他会跟周围保持适当界线更合适。

实际上，其他国王选举候选人的骑士们都是赫赫有名的实力派——而无论是昴还是阿尔，都不属于能在这群人里过分自信的特殊分子。

于是，昴才会对阿尔抱有某种共鸣。

正因如此，阿尔刚才的断言让昴深感意外。

阿尔一副嬉皮笑脸、吊儿郎当的样子，看起来毫无改变的他也变了。这种变化是在和普莉希拉的主仆关系中，以及随之而来的为国王选举战斗的日子里产生的。

“哎，不过我也只有在面对有获胜可能性的对手时——哪怕只有亿分之一——才会夸下这种海口啦。如果是对上阿拉基亚小姑娘这种级别，那可就不妙了。完全没有胜算。”

“毕竟‘九神将’是帝国的最强阵容。如果放在卢克尼卡王国，就是莱因哈鲁特和由里乌斯那种级别的。”

如果要选出卢克尼卡王国的最强阵容，莱因哈鲁特和由里乌斯理所应当入选。也许还会有首席宫廷魔导师罗兹瓦尔。

就昴个人而言，他还想加上威尔海姆和加菲尔，组成全明星阵容和“九神将”抗衡。

“不，现在不是说这个的时候。而且，就算是‘九神将’，也不可能有莱因哈鲁特那种级别……”

“很遗憾，你错了。”

“欸？”

昴把“九神将”视为最需要警惕的敌人，正当他尝试估算其战力时，亚伯的话让他不禁怀疑自己是不是听错了。

亚伯刚刚是说，有人能和莱因哈鲁特匹敌？

“你的意思是，还有像莱因哈鲁特那种开挂的角色吗？”

“我不知道‘开挂’是什么，不过如果意思是与他不相伯仲，那我表示肯定。‘九神将’里面，阿拉基亚之上还有‘壹’。我说的就是他。”

“‘九神将’之‘壹’……”

“塞西鲁斯·塞格蒙德。”

昴瞠目结舌，在他身旁的迪克尔平静地如此说道。

昴明白这是人名，也是上述那名“壹”的名字。而此人正是帝国最强者，佛拉基亚引以为傲的开挂角色——

“他是被称为‘佛拉基亚的蓝色雷光’的超级剑士，与卢克尼卡的‘剑圣’、卡拉拉基的‘礼赞者’，以及古斯提克的‘狂皇子’齐名。”

“唔……以前也听说过这个外号……那么，是真的厉害？”

“和他交手的话，脑袋眨眼间会被砍飞。他就是这么厉害。”

听了脸颊紧绷的昴的问题，亚伯抱着手臂点头。

亚伯和迪克尔没有理由在这种场合说谎或开玩笑，也就是说，他们只是单纯地阐述事实。

和莱因哈鲁特实力相当，帝国最强的男子塞西鲁斯·塞格蒙德。

一听到他的名字就给人留下难以磨灭危险印象的超级剑士，他到底会是一个多么凶狠残暴的敌人呢？昴不禁背脊发凉。

“不过，换个角度想一下，能在这里打败身为‘贰’的阿拉基亚姑娘，对我们来说也是丰厚的收获呢。”

“阿尔……”

与心情沉重的昴等人相反，阿尔的声音听着很愉快。

虽然这确实是积极的意见，但无法轻易顺着阿尔的情绪走也是事实。不过，领会到阿尔的心意后，昴也叹气道:“说的也是。”

从实际情况看来，昴一行人在把伤害降到最低的情况下，成功控制了城郭都市。

即便难以清晰判断是敌是友，但在孤立无援之际，昴一行人获得了普莉希拉和阿尔这两位援军。

而雷姆一定在努力为一众“修德拉格之民”伤员治疗。米杰尔达应该也会重回战场，再次发表那些让听众乏力的“帅哥万能理论”。因此——

“正如阿尔所说，我们打倒了‘九神将’之一……还是其中的厉害角色，这点非常有利。她在帝国身居要职，那就一定知道帝国的情报。”

“是啊，说得很好！你很聪明嘛，兄弟。所谓情报，在战争中可是比金块价值更高。好不容易活捉了她，去审问审问吧。”

“没错，看看能问出什么线索……”

昴硬着头皮炒热气氛，阿尔与他打配合。从被活捉的阿拉基亚身上打探情报，就在话题顺势朝这个方向发展时……

“等一下，昴和铁面具。人家反对这种做法。”

然而，以修德拉格代表的身份与会的库娜打断了他们。

昴和阿尔应声转身，只见库娜抚摸着自己那染成绿色的头发，说道：

“那个女的很危险。要是让她有机可乘，不知道她会耍什么花招，因此必须尽快杀掉她。”

“这个……我明白你的想法，不过这样也太武断了吧？如果就这么杀掉她……”

“她害族长受了那么重的伤，不管你说什么，如果不把那家伙处死，大家都咽不下这口气。”

库娜瞪着意图说服自己的昴，直截了当地要求处死阿拉基亚。

对方提及重伤的米杰尔达，昴也只好闭口了。虽然现在她的安危交托给了雷姆，但就算伤口痊愈，被伤害的事实也不会消失。

如果修德拉格无法原谅这一点，那就只能让阿拉基亚来赎罪了吧。

昴思考着如何回答库娜，同时瞥了瞥普莉希拉。

普莉希拉与阿拉基亚关系非比寻常，她对提出处死阿拉基亚的库娜到底会展现出什么反应，昴想确认这一点。

然而——

“妾身对阿拉基亚的态度已经很清晰。毕竟，妾身就是那个砍伤她背部的人。你脸上的黑眼珠是摆设吗？”

“唔……”

“妾身并不打算为阿拉基亚多费唇舌。如果她的命运就此终结，那也是她要走的道路吧——尽管有些许扫兴。”

“我完全搞不懂你。”

听到普莉希拉一脸淡然地阐述阿拉基亚的生命意义，昴摇了摇头。

从二人最后的交流看来，她们的关系相当恶劣，但观察阿拉基亚的态度，也能看出二人曾经关系亲密。话虽如此，普莉希拉的态度却异常决绝。

身为局外人的昴不明白二人的关系。

“可是，死掉的话一切就结束了。人死不能复生。”

“你在教导妾身生命的价值吗？难道妾身错误估计他人生命的价值了？”

“你也不是万能的，也会犯错吧？”

昴正面凝视普莉希拉，几乎马上做出回应。

话音刚落，房间里的气氛就变得紧张起来。

只见库娜和迪克尔屏住呼吸，阿尔则用手抵住头盔的额头位置。昴也意识到自己脱口而出的话语很不妙。

因为这句话可能会惹怒普莉希拉从而丢掉小命。话都说出口了，昴才推敲并意识到这个可能性。

也许下一秒，脑袋就要被那把闪耀着红光的宝剑砍掉。

即便如此……

“我没说错。就算是你，也有可能犯错。”

昴再次重复了这番可能会害他丢掉小命的发言。

刹那间，普莉希拉眯起眼睛，昴仿佛看到了她眼中烧起灼热，似乎要让昴为他的轻率行为付出代价。闪耀着红色光芒的宝剑将砍断无礼之人的脖颈，让他迎来冷酷无情的“死亡”——

“妾身也会犯错，是吗？这话真让人火大。”

没有出现。

“咦……”

他预计的“死亡”没有到来，昴发出了嘶哑的叹气声。

普莉希拉瞥了昴一眼，“唰”地打开扇子。她的视线越过昴，看向了库娜。

“砍掉那家伙的头之前，不妨先摸索一下她的用处。”

“啧，想对我们下命令吗？你这个无关人员。”

“敢无视的话就尽管试试。”

撤回意见的普莉希拉看着库娜，视线仿佛灼烧一般抚过对方纤细的身躯。

库娜下意识抱住自己的身体，用行动证明了从对方视线里感受到的压力——很可惜，普莉希拉和库娜之间的实力太过悬殊了。

库娜为自己蜷缩身子的窘态感到羞愧，咬紧嘴唇。普莉希拉则嗤之以鼻。

“说实话，我都吓出一身冷汗了。不过，这下总算谈妥了！”

阿尔使劲用手拍打圆桌，响声打破了紧张的气氛。

在吸引了众人的目光后，他隔着铁头盔看向昴。

“兄弟没死固然值得高兴，性感可爱的小姑娘没有被无情地从这世上抹去也是好消息。接下来，就等小姑娘醒来后问话——”

“不好了——”

正当阿尔试图用无聊的俏皮话总结阿拉基亚的待遇时，会议室里传来慌乱的脚步声和惊恐的尖叫声。声音的主人是保莉，只见她把自己巨大的身躯挤进了会议室。

众人的视线集中在她身上，她一边大口喘气，一边说道：

“有两个帝国士兵闯进来，放跑了被抓的‘九神将’！”

The only ability I got in a different world "Returns by Death".
I die again and again to save her.

幕间 有能者与无能者

Re:从零开始的异世界生活

Re: Life in a different world from zero

1

“只要活着就有雪耻的机会，但死了的话，一切就结束了，所以我要逃走。我不打没胜算的仗。”

这句话一点不假。

参与胜算极低的战争，这是无可救药的傻瓜才会做的蠢事。

虽然他从来不觉得自己是个聪明人，但正因为不聪明，才更应该慎重行事。智者瞬间就能得出结论，愚者却要花费长时间思考。

这就是无能者的战斗方式，陶德·方古深知这一点。

不打没有胜算的仗。可是，若把这句话反过来说——

“有胜算的仗就会打，这么说也没错啦。”

陶德在右眼前方握住拳头，透过细小的拳眼眺望对面。

这是通过缩小可视范围，实现观看更远目标的原始方法。尽管陶德眯细眼睛也能看到远景，但要目睹混乱的都市厅舍内部，确实力有不逮。

即使屋子变得更加通风和开阔，也依然如此。

“喂，都市厅舍的屋顶没了！到底发生什么事了?!”

他身旁那位精力过剩、面目狰狞的同伴不停嚷嚷道。

被吵到无法集中注意力，他挥了挥手示意同伴安静。对方闭上了嘴。没想到这么听话。

“‘九神将’冲进去了，这点应该可以肯定。”

否则，自己还留在已经落入敌手的城郭都市就失去意义了。

如前文所述，在敌人用计谋攻陷都市厅舍时，陶德本来打算舍弃都市逃跑，并不打算顺从对方的命令解除武装并投降。

归根到底，只要敌方的军师是那位战争天才——那位名为夏美·施瓦兹的人物，就应该会首先除掉陶德和贾马尔这样的危险因素。

即使佛拉基亚会避免对投降的俘虏使用私刑，对方也一定会随意编造理由处死二人。因此，陶德才会第一时间选择逃跑。

而陶德之所以推翻这个决定并选择留下，是因为他确认了“增援”出现在都市。

“没有错，是两年前从军时见过的女子……是身为‘九神将’之‘贰’的阿拉基亚一将。”

看到薄布裹身的女子轻松飞过紧闭的正门，悠然自得地闯进都市后，贾马尔用鼻子喷气，如此断言道。

这个男的将野性本能如同衣服一样时刻包裹在身上。无论从他对强大生物的敏感度，还是从辨别雌性的雄性性质来说，只要触动了他，他就不会忘记对方。

换而言之，帝国最强的“九神将”之一现身并镇压了叛乱——这正是陶德所判断的已经消失的“胜算”。

“是要把握还是拒绝这次机会，这个胜算值得苦思一番。”

不必和“九神将”联手。

都市厅舍里有被敌方制伏而无法行动的士兵，只要比对方更能帮上一将的忙就足够了。例如捆绑和拷问敌人，只要能一步一步获得指挥权，应该就能让一将记住自己吧。

如此一来，自己也许还能被上级提拔，早日开辟出回帝都的道路。

“好嘞，回去咯，贾马尔。我们也去帮忙夺回都市厅舍。”

“哦？哦哦，这样啊！哇哈哈，这样做才对。逃跑这种跟我性格不符的行为弄得我浑身不对劲。怎么能让一将抢走功劳呢！”

“别说蠢话。我们是要去沾一将的光。”

看到因为行动方针转变成回归死地而兴奋不已的贾马尔，陶德叹了一口气。接着陶德返回市内，从远处观察都市厅舍，找准毛遂自荐的最佳时机。

要从一而终地贯彻自己的信念，谨慎再谨慎，然后……

“杀了他，阿拉基亚。”

都市厅舍屋顶被龙卷风吹飞，可以隐约看见一将大杀四方的场面。

从远处能看到有着一头银发和褐色肌肤的“贰”，挥舞着看似随处捡来的树枝，如同支配世界法则般四处大闹。无论是修德拉格还是帝国士兵，所有人都倒在了被无情糟蹋的大厅中。

在这种情况下，把蓝色头发少女挡在身后，并与阿拉基亚对峙的那个身影，正是夏美·施瓦兹。

看到这一幕的瞬间，浮现在陶德脑海里的既不是“居然有人这么蠢，敢挡在一将面前”，或是“这样还能活下来，真走运啊”这类随意的想法。

他反而将警惕提到最高，在内心高声呐喊。

——赶紧给我确切地除掉那个男子，阿拉基亚。

在最坏的情况下，能不能立功已经无所谓了。他只希望那个男子确切地死掉。然而——

“喂喂，不会吧。”

因为不想错过阿拉基亚杀死夏美的瞬间，不想错过关键的一刹那，陶德聚精会神，这才察觉到一道闪光在他视野的上半部分闪过，下一秒他的迫切愿望就被粉碎了。

一道红色闪光切进夏美和阿拉基亚之间。

她毫不畏惧地面向阿拉基亚，以绝对强者的姿态将夏美挡在身后。看到这一幕的瞬间，陶德心中的天平大幅度倾斜。

“刚才从空中掉下来的是什么?!飞龙吗?!哪里来的飞龙?!陶德，我们该怎么办！不是要支援阿拉基亚一将吗！喂，听到没有……”

“闭嘴，贾马尔。”

看到形势发生变化，贾马尔不由得大喊，但听到陶德的话后又屏住呼吸。

陶德没有看贾马尔一眼，他的视线始终没有离开都市厅舍。一个穿着红裙的女子突然出现，她和阿拉基亚正面对峙。

一看就知道了——那名女子也是超乎常人的“有能者”。

而且他还深刻明白一个事实：在走投无路的绝境中捡回一条命的夏美，也是拥有着有别于战斗能力和运动能力的其他才能的“有能者”。

“陶德……”

“别动，贾马尔——动也没用。”

本应具备的胜算消失了，在陶德观望的期间，形势越来越不利。他知道凑近的贾马尔很生气，但现在冲过去也只会白白送死。毕竟……

“就在刚刚，阿拉基亚一将被打败了。”

红衣女子的刀刃砍在阿拉基亚的背上，她无从反抗，就此倒下。

倾斜的天平彻底坏掉，再也无法倾向另一边。

2

随着阿拉基亚倒下，都市厅舍的战况画上句号。

这回，城郭都市瓜拉尔可以说是完完全全落入了敌人手中。

已经没有任何挽回局面的方法。天平彻底倒向了另一边，剩下的只有处理战败的方法罢了。

“要怎么办呢？”

陶德躲在建筑物的背面静静思考，方才他就在这里目睹了都市厅舍的形势发展。

说实话，愤怒和悔恨的感情让他热血沸腾，但就算将其发泄出来也无济于事。既然回来的理由不复存在，那么尽快撤退才是明智之举。然而……

“喂，陶德……浑蛋，你该不会又想没羞没臊地逃跑吧？”

没错，他不知道要怎么说服额头冒青筋的贾马尔。

在都市厅舍的旗帜被烧、都市刚被攻陷时，说服贾马尔已经让陶德筋疲力尽。

庆幸的是，当时贾马尔的感情还处于容易被诱导的状态，所以陶德才能让他收起正要拔出的剑，不情不愿地听从自己的意见。

然而，当收起的剑再被拔出，想再收回就没那么简单了。事实上，如果现在说错话，对方的剑尖说不定还会指向陶德。

要是演变成那种局面，就算是贾马尔，自己也要动手除掉他——他是未来的大舅子，可以的话，陶德不想杀他。

陶德曾经答应未婚妻要平安地带贾马尔回去，这样自己也会失约。

“试试那种方法好了。”

“啊？”

“我理解你的心情。不过，冷静点。阿拉基亚一将已经被打倒了，就算我们冲进去也没有任何胜算。你想白白送死，害妹妹伤心难过吗？”

陶德用怀柔的方法，尝试打亲情牌说服贾马尔。

就在陶德看到对方复杂的表情，以为这招奏效时，突然一只手静静地伸过来抓住了陶德的胸口。接着，独眼的贾马尔一下子凑过来，龇牙咧嘴。

“浑蛋，要是以为搬出卡楚娅我就会让步，那可就大错特错了。”

“是吗……那真是遗憾。”

陶德缓缓摇头，坦诚地表达失望。

要是挨揍个两三拳就能让贾马尔消气，那被揍也无所谓，但一边咂嘴，一边撞开陶德的贾马尔似乎没有这个打算。

虽然现在已经没有直接出手的必要，但陶德也没有阻止贾马尔的方法。

幸好陶德在寻找逃走通道时已经掌握了城镇的地理环境。在阿拉基亚那番闹腾后，现在应该很好逃跑吧。看样子贾马尔也会再闹一场，吸引众人目光。

“不好意思贾马尔，我得先走了。虽然你也不会听我的，不过你过去只会送死。就算潜入里面，也没法杀光那些家伙……”

“你傻啊！我才不会干这种成功率为零的事！我是要去把阿拉基亚一将救出来。”

“什么？”

陶德明知无意义却还是表达了伤感，没想到引出了一句意想不到的话语。

陶德不禁停下脚步回望，只见贾马尔一脸不悦地回答：

“干吗啊，你该不会以为我要冲进去和他们同归于尽吧？”

“是啊，我就是这么想的。我还以为你希望白白去送死呢。”

“别逗了！我只是附和一下你要的那些小聪明，可是我也会用脑袋思考！什么能做，什么不能做，我清楚得很。”

真是让人意外的发言，陶德着实被贾马尔吓到了。

虽然贾马尔的战斗能力不容小觑，但除此之外，他就是个直性子，而且平时品行恶劣，所以陶德一直不知道他长脑袋的作用是什么。

“要是你是胆小鬼，那就随你便。只怪卡楚娅没有看男子的眼光。就算只有我一个，我也要把一将救出来。她可是个拥有美臀的女子啊。”

“等一下，我也去。”

“啊?!你这浑蛋，难道卡楚娅的屁股不能满足你……”

“你要自杀我不奉陪，但如果是其他事，那又另当别论。”

陶德没有理会有损名声的怀疑，而是伸出手掌堵住贾马尔的嘴巴。强行让他闭嘴后，陶德在脑海里按照改变的方针，重新制订行动计划。

陶德本来不是喜欢在事态发展过程中随机应变的人。可悲的是，和贾马尔一同行动的次数越多，即兴上阵的经验值越高，尽管这并非陶德的本意。

如果为了夺回都市厅舍，贾马尔打算独自一人送死，陶德并不打算奉陪。然而，如果行动目标是救回阿拉基亚，那又是另外一回事了。

此时，经历肆虐的都市厅舍正在进行事后清理。

值得注意的是夏美和红衣女子，如果在他们眼皮底下展开行动就等同于自杀。不过，对方也不是毫发无损地平定了事态。

只要他们放松警惕，我方就能趁机冲进去。

“只要闯进去引起骚乱，再趁机救出一将……”

“刚才对你的佩服化作泡影了……我们必须提防两个人，绝对不能在他们眼皮底下闹事……什么嘛，现在不用担心了。”

陶德一边安抚心急的贾马尔，一边透过指间远眺，然后嘴角上扬。他用舌尖顶着嘴唇下方的白色犬齿，暗自偷笑。

视线尽头是奄奄一息的阿拉基亚，她正被人带出都市厅舍。

只要还没变成尸体，总有方法把她带走。

3

陶德他们本来就以这座建筑物为据点，所以要潜入都市厅舍毫无难度。

陶德有一个习惯，每去一个地方，他就会事先掌握该处的地理环境和布局。要是不知道逃跑路径和藏身之所，他便无法放心地长时间待在那里。

因此，他了如指掌——在掩人耳目的情况下杀进去的方法。

“第五个。”

一潜入都市厅舍内部，他们就开始零零星星地清除监视的眼线。

这些放哨的人是自警团的卫兵，本来在协助帝国士兵，但在都市沦陷后马上成为不安分子——他们已经是和优秀的“反叛军”同流合污的墙头草了。

“我可不会对你们手下留情。”

贾马尔用双手抓住哨兵的脖子上下翻折，不耐烦地唾弃道。

他不光以帝国贵族的身份为荣，更以身为帝国军人为傲，因此极为讨厌这些背叛帝国加入敌人阵营的士兵。

“嗯，我倒是没有那种想法啦。”

该杀就杀，没必要就不杀。

如果这些见风使舵的人只是为了生存才选择投靠强者，倒没有理由责备他们。当然，判断错误的代价就是丢掉小命。

就这样，陶德和贾马尔一边排除碍事的士兵，一边向目的地前进。

按照惯例，等待都市长判决的罪人都会被扣押在都市厅舍的地下牢房。因此陶德他们推断，被俘的阿拉基亚也很有可能被关在那里。

“找到一将了。”

走到地下空间，便能看到多座牢房排列在左右两边。犯人们按照刑罚轻重顺序被依次关在牢房内，最牢固的牢房在最里面。

不必多问，关押阿拉基亚的最里面的牢房自然被严密看守。

负责看守的不是士兵，而是头发染成黄色的修德拉格女子。她块头很大，手握长矛，一看就知道士兵不能和她相提并论。

“这里避不开，偷偷摸摸的潜入行动只能到此为止了。”

“你为什么看起来一脸高兴啊？”

前面明明是无法避开的强敌，贾马尔竟然喜形于色，陶德实在难以理解。

贾马尔大概认为这种更危险的战斗方式，流更多血的做法才能展现自己对帝国的忠诚吧。这都是陶德不会有的想法。

“这还用说吗？以帝国军人的方式战斗，赢取战果！只有这样，我才能骄傲地自称帝国军人。”

“你说的居然和我想象的差不多，也太离谱了吧。”

言行一致到这种地步的人也是罕见。

贾马尔对陶德的回答有点不满，但陶德不以为意，开始观察负责看守的女子。

女守卫身材壮实，手脚也被厚厚的脂肪包裹。考虑到修德拉格的运动能力，陶德的斧头未必能一击砍进她的手脚。

如此一来，目标必然是她的头颅或者脖子了。当然还有砍伤她的脸这个选项……

“这种时候就轮到我上场啦。”

贾马尔说完，露出无畏的笑容，毫不犹豫地往前走。

陶德犹豫了一瞬间要不要叫住他，最后还是沉默了。事实上，撞开贾马尔以引起对方注意，是实施这个即兴计划的最好办法。

现在既省了这道功夫，当事人又干劲满满，那就没有必要出手阻止了。

“哼，什么人?!”

“我有必要回答你吗？你们这些浑蛋玷污了佛拉基亚帝国的战狼。那场战斗本大爷可没上场，就算赢了也别沾沾自喜！”

“有奇怪的家伙出现了！”

看到贾马尔走上前来，修德拉格之女架起长矛。而与她对峙的贾马尔则拔出双剑，眼睛充血，飞扑向前。

尽管贾马尔曾惹出不少麻烦，但他的实力毋庸置疑。至少，和一名修德拉格对阵绰绰有余。

“看招看招看招看招看招看招看招！”

“唔！这家伙好厉害！”

贾马尔扯着嗓门咆哮，疯狂挥舞双剑无数次砍向修德拉格。修德拉格则用长矛巧妙躲过攻击，但始终处于防守一方。

对方应该配置了实力相当的人员看守阿拉基亚。然而，他们似乎没有预料到，才把她关到牢房，劫狱者就出现了。因此，修德拉格只能忙着应付贾马尔的凶猛攻击，却没法阻止稍晚一步冲出来的陶德。

“啊！有同伴……呀！”

“你还有闲工夫东张西望吗？啊?!”

在好不容易聪明一回的贾马尔帮助下，陶德用尽全力挥动斧头，劈向牢房门锁。

没有多余时间寻找钥匙。虽然无法破坏牢房，但要砸烂区区门锁，应该不成问题。

钝声响起，同时传来坚硬的手感，斧头刃口出现严重凹陷。但是相对地，牢房门锁也被狠狠地破坏，牢门嘎吱嘎吱地被打开，陶德冲进牢房里。

“阿拉基亚一将！”

牢房内，只见一名少女正趴在简易的床铺上。

阿拉基亚陷入昏迷，之所以趴在床铺上，是因为她的后背被砍伤。光滑的肌肤上留下了惨不忍睹的伤痕，简直像烙印一样刻在了背上。

伤口还被大火灼烧，留下了凄惨的伤痕——若不是被滚烫的刀刃灼烧，应该不至于造成这种伤痕吧。

“那个红衣女子，到底……”

那女子是一个狠角色，还有她手里握着的宝剑，力量也非同寻常。

陶德掌握到的情报仅此而已，无论怎么呼唤阿拉基亚，对方也没有回答。因此，陶德只好抱起阿拉基亚，飞奔出牢房。

“救到人了！贾马尔，撤吧！”

“才不会让你……啊?!”

“我说了！别到处！张望啊！看招啊——”

看到阿拉基亚被劫走，修德拉格之女一下子分了神。

贾马尔伺机挥剑攻击，女子下意识用长矛防御，但在强大的冲击力下武器被震飞，她毫无防备地挨了贾马尔的一记回旋踢。

女子发出哀号，被踢飞后重重地撞在地牢的墙壁上。头部受到猛烈撞击，她瘫倒在地上，一动不动。

见状，陶德正想命令贾马尔给她最后一击时——

“上面吵起来了，是发现士兵的尸体了吗？”

“啧，不能再磨磨蹭蹭了。一将呢？”

“虽然晕过去了，但还活着。这样就足够了。”

陶德简短地回答完贾马尔的问题，然后往牢房外面跑。贾马尔轻松地超过了他，跑在前面负责开路。

“到底是谁……哦?!”

“别挡路、别挡路，你们这些慢半拍的蠢货！”

往地下室侦查的士兵被一一砍飞，陶德跟在贾马尔后面，穿过了警备森严的都市厅舍。

虽然感到抱歉，但现在无暇照顾被抱在怀里的阿拉基亚的身体状况。既然身为“九神将”之一，那么她的身体应该也相当强壮吧。要对她的耐力有信心，全力奔跑吧。

“出来了！接下来往哪儿跑？”

“正门被关了。跟我走。”

陶德在逐渐变得喧嚣的都市黑夜里穿梭，带着贾马尔冲进巷子，走小路和岔路，搅乱追击的敌人。

战争才结束，战场依然乱糟糟的，再加上都市里穿着相同制服的帝国士兵至少有三百人，他们不会被认出来。

接下来——

“嗞！”

听到某物“咻——”一声破空而来，陶德身后立刻有一把刀挥过。

回头一看，一支粗箭射在了陶德脚边。被砍掉的箭矢原本的目标是陶德，千钧一发之际被贾马尔快速挡下。

这一发攻击精准地射向正在都市里窜匿的陶德和贾马尔。

没错，放箭的就是前几天射伤陶德的那个人。

——被发现了。

如此一来，他们就不能胡乱行动了。

一旦走出小巷，就会成为活靶子。带着阿拉基亚，陶德难以敏捷行动。就算想杀弓箭手，按照射击角度，敌人应该身处都市厅舍——自己肯定不会回去第三次了。

那么，要丢下阿拉基亚自己逃跑吗？虽然这么做最有可能活命，但如此一来，自己刚才冒险救人就失去意义了。

基于现状，寻找可行方案，能让收益最大化的方案是……

“贾马尔，知道有人盯上我们了吧？”

“是啊，棘手的家伙。距离太远，所以杀不了他。这样下去，只能单方面挨打。要怎么办？”

“只有一个办法。”

听了陶德的话，贾马尔眯起独眼。

那是贾马尔向陶德寻求计策的视线。陶德见状，深呼了一口气，然后闭上一只眼睛。

“敌人在狙杀我们。所以，你要跑在前面，负责把箭矢砍落。攻击不会只有一次，对方会连续射击。然后，我会在抱紧一将的情况下全力奔跑。”

“哈，真不像你！这就是你的方法吗？这不就是破罐子破摔吗？”

“毕竟，能用的方法已经用完，只能这样了。不过，我的运气还不错。”

“啊？这话怎么说？”

“因为我还有你这张很厉害的王牌。”

陶德提出的作战计划，成败的关键几乎全压在贾马尔的剑术威力上。

要是贾马尔不能把其中一支飞来的箭矢砍落，二人就会当场死亡。这种毫无计谋可言的赌命战术，以陶德的信念来说是疯狂之举。

然而，他还是提出了这个方案。他相信若是以贾马尔的剑术能力，这个方案的可行性不会为零。

“卡楚娅果然没有看男子的眼光啊。没想到你脑子这么笨。”

“大舅子，别说我未婚妻的坏话啦。”

贾马尔挠头，陶德则皱着脸回答。贾马尔听后，短促地叹了一口气，重新握紧双剑剑柄，然后将壮实的后背转向陶德。

“好啊，我奉陪。偶尔打一场胜算极低的赌也不坏。”

“没有我，你天天都在打这样的赌吧。”

“吵死了。给我闭嘴，老实跟在我身后！”

二人互损一番，然后贾马尔郑重宣告，之后便冲出小巷。

一出去，卷着疾风的一支箭矢便向贾马尔刺去。

“唑。”

贾马尔立刻以惊人的反射神经应对，利用双剑把箭矢砍落。冲击传导到贾马尔的手腕，他咬紧牙根，一边磨牙一边发笑。

血液燃烧，心脏跳动，生命沸腾的感觉支配着贾马尔。

“哈哈——”

贾马尔和陶德奔跑穿梭在如暴雨般不断降落的箭矢之中。

贾马尔脚踩地面，像跳舞一样挥着剑，切断并打落箭矢。贾马尔·奥雷利正在上演属于自己的剑舞。

贾马尔一边激烈地应对攻击，一边感叹陶德的奋战。

致命的箭矢如同暴风雨般袭来，陶德一言不发地跟在贾马尔身后。这说明他也知道一旦贾马尔分神，就会直接导致二人丧命。

因此，贾马尔把陶德从自己的意识里赶出，全副心思集中在回避逼近的“死亡”上。

直行，回避，砍落，迈步，跳跃，打飞，开路。

然后——

“可恶。”

只见道路尽头，一队手握长矛的修德拉格挡住了二人的去路。贾马尔忍不住破口大骂。

被弓箭手狙击，同时还要应付这么多修德拉格，实在困难。可以说是不可能完成的任务。

“就算耍小聪明过了那么多关，最后还是被运气抛弃了……哎，做无用功了。不过，倒也不坏啦。”

贾马尔一边确认双剑的触感，一边向身后的陶德坦白自己的真心话。

贾马尔三番四次被陶德的想法和行动牵着鼻子走，也经常感到心浮气躁。不过，陶德最后还是贯彻了帝国军人的做法，选择顽强抵抗到生命最后一刻。

“虽然对不起卡楚娅，但这也是无可奈何的事。她好歹也是帝国的低阶贵族，应该早已做好心理准备，知道我和你会有这么一天了。”

想到留在帝都的妹妹，贾马尔觉得胸口微微发疼。不过，痛楚马上被对眼前敌人的战意抹去，血腥味盖过了一切。

贾马尔这才松了口气——自己连骨髓都是佛拉基亚帝国的剑狼。

“要上喽，陶德。至少在最后时刻，要让这些家伙吃点苦头——”

贾马尔猛地前倾身体，舔了舔从被眼罩遮住的右眼流出的鲜血。

接着，为了展示身为帝国军人最后的威信，他猛地从正面冲向敌阵。

致命攻击如同暴风雨般倾泻而来，但他内心已经无悔了。

直到最后一刻都坚持自己的作风，在贾马尔看来就是最伟大的勋章。

4

“直到最后一刻，你依然是个笨蛋啊。”

听到贾马尔凶猛的咆哮从远处传来，正在城墙洞穴里穿行的陶德小声嘀咕。

他穿过洞穴后便马上将其破坏，仔细销毁痕迹以防敌人追踪。追兵忙着对付贾马尔，暂时不会追来，所以应该有足够的时间逃跑。

不是你的作风——正如贾马尔所言。

陶德宁愿死也不会做出把性命押在破罐子破摔策略上的行为——不对，应该说正是为了避免丧命，才绝对不会做出那种事情。

“你负责引开他们的注意力。虽然很对不起卡楚娅……”

无法兑现带上大舅子平安回家的约定，未婚妻一定会心如刀割吧。即便是为了安慰她，自己也得尽快赶回帝都。所幸，虽然牺牲了贾马尔，但自己得到了返回帝都的其他方法。

而且，这还是比起不知道能否晋升为三将的贾马尔，更有可能让自己扶摇直上的鬼牌。

“公主……殿下……”

“哎呀，哎呀，多么天真无邪的脸庞。既然是‘九神将’，应该杀了不止一两百人吧。”

陶德怀里，阿拉基亚紧闭的双眼里溢出泪水。看着阿拉基亚顺着脸颊流下的泪水，陶德不禁恍惚：现在的同伴刚好又是个戴眼罩的。

想到这里，陶德突然产生疑问：

“贾马尔那家伙，是哪边眼睛戴眼罩来着……”

The only ability I got in a different world "Returns by Death".
I die again and again to save her.

第二章 自称英雄的菜月昂

Re:从零开始的异世界生活

Re: Life in a different world from zero

1

——有人劫走了被囚禁的阿拉基亚，这个消息在会议室里引起巨大骚动。

好不容易才抓到“九神将”。众人正讨论着应该如何处置她，于是马上派人展开搜索，要把她抓回来，可是……

“太丢人了。连保莉的弓都没能追上，让他们跑掉了。”

“对不起。”

低头道歉的是进行远距离狙击的库娜和保莉。

听到保莉汇报的坏消息后，库娜马上带着她跑到都市厅舍屋顶寻找敌人。就像上次在都市外射伤陶德一样，二人互相配合，打算给逃亡者致命一击。

然而，敌人使用声东击西的方法，兵分两路，完全躲过了库娜她们的追杀。

最终，她们没能夺回阿拉基亚，让帝国一将逃掉了。

“这是以少数人员潜入敌阵，一达到目的就逃跑的战术。考虑到敌人分工明确，并具有实行战术的胆色和力量，就算派追兵也抓不到他们。”

“人家愧对族长和塔里塔。”

亚伯表情严厉地分析敌情，库娜则咬紧嘴唇，一脸不甘。

保莉轻轻搭肩安慰库娜，但库娜作为族长代理人，曾坚持要处置阿拉基亚，因此现在感到相当沮丧。不过，她也认同亚伯冷冰冰的分析。

劫走阿拉基亚的敌人滴水不漏，要抓住他们，难度一定非同一般。

“……既然那人的命运还未终结，就代表任务还未完成。”

“普莉希拉……”

就在现场陷入沉默时，普莉希拉平静地开口说道。

在阿拉基亚的生死问题上，大家感觉普莉希拉莫名豁达。那双红眼睛让人捉摸不透她对阿拉基亚被劫走一事到底有什么想法。

昴只知道那是不希望阿拉基亚死亡的眼神。

“那么，说到底，要怎么处置阿拉基亚小姑娘？决定不管了吗？”

“她已经逃到外面了，也没其他办法。”

听了阿尔刻意且不合时宜的发言，昴一脸苦涩地回答。

既然对方能躲过库娜和保莉的狙击，就说明逃亡者也具有相当的实力。再加上逃亡途中，如果阿拉基亚醒过来，他们就更加不是她的对手，只会让追兵白白送死。

——逃亡者入侵都市厅舍时，就已经杀死士兵了。

“什么无血开城，真是个大笨蛋。”

昴掀起黑色长假发，打心底诅咒没出息的自己。

坚定地揽下任务，夸下海口发誓要实现无血开城——理应成功攻陷瓜拉尔的策略，却和他的干劲相违背，出现了众多牺牲者。

就算被骂言而无信、满口谎言，他也无法辩解。就算没人责骂他诈骗犯，昴也会狠骂自己。

真是个厚颜无耻的大骗子——

“你说无血开城？”

听到昴小声嘀咕，有人重复他的话。

原来是手肘撑住圆桌托腮的普莉希拉。她轻轻挑起形状姣好的细眉，罕见地露出惊讶神情，对昴说出尖锐的话语。

“你这话真是没有任何谋略可言。难道想要不流血就攻陷都市吗？而且是在这场战争中没有压倒性的战力的情况下。”

“是啊，不行吗？不，的确不行。结果是失败了……”

“竟然会有如此愚蠢的想法，真让人惊讶。更让妾身惊讶的是，你们竟然将这个白日梦一般的计划付诸实践了——亚伯，你疯了吗？”

“策略本身确实疯狂。”

当问题的矛头指向亚伯时，他抱住手臂对普莉希拉的疑问表示同意。

说归说，亚伯还是接受并实施了这个在外人看来很疯狂的战术。这似乎让老朋友普莉希拉无法理解。

“在王座上掌管帝国的你，为何会松懈到这种地步？没有牺牲就不会有战果。不流血就无法保全骄傲。这才是帝国的作风吧？”

“我无意违背剑狼的成规。这虽然是不寻常的策略，但还是有胜算的。实际上，如果阿拉基亚没有出现，无血开城应该早已实现。犯错的不是策略，而是我的判断。普莉希拉，就算是你，也不能愚弄我的军师献上的计谋。批准实施的人是我，责任在我。”

二人展开意外的争论，亚伯和普莉希拉再度针锋相对。

昴被任命为军师，这是一个举足轻重的角色，亚伯的言行明显在袒护昴。亚伯和普莉希拉剑拔弩张地瞪着对方，旁人根本没有插嘴的余地。

“什么嘛，兄弟。你很受赏识啊，这是要青云直上了吧？”

“我只要当爱蜜莉雅炭的骑士和贝亚子的监护人就足够了。除此之外的莫名其妙身份，请恕我无能为力。”

昴推开了靠过来的阿尔，以及强加于他的莫名责任。

不过，多亏了亚伯袒护自己，普莉希拉的注意力似乎转向了亚伯。然而，这并不能治愈昴内心的创伤。

昴是制定并实施战术的人，应当为逝去的生命负责。

“兄弟，要救所有人是不可能的。”

正当昴的内心陷入矛盾时，阿尔一边摆弄头盔上的金属零件，一边呢喃道。这句话直刺昴的心灵。昴闻言，瞥了瞥对方，可对方已将视线转向了天花板。

“每个人都是随心活着，然后随心死去。别人的性命应该由他自己负责。轮不到兄弟你擅自为别人烦恼。”

阿尔偶尔会有愤世嫉俗的一面，这种话就是那一面的体现。

事实上，阿尔说的没错。要拯救所有人是不可能的，如果决定要强行拯救，就会没完没了。因此，昴一路走来也没有拯救全部人。

然而，战争的规模不一样——这个选择真的可以说是正确的吗？

因昴的一个行动就能得救的生命，应该不止几十或几百吧？

“闹剧就到此为止吧。”

普莉希拉和亚伯没有顾忌昴和阿尔的对话，依然在互相瞪着对方。

见亚伯声称一切责任在于自己，普莉希拉从酥胸中抽出一把扇子，用前端划了一圈示意会议室——不，是整个都市。

“就算用军师的策略攻下都市，它现在已满目疮痍。成功赶跑阿拉基亚的奇迹不会出现第二次。那个手法，已经不能再用了吧？”

“嗯，不能再用了。”

听了普莉希拉的提问，亚伯毫不犹豫点头。

说到赶跑阿拉基亚的手法，皱起眉头的昴也有了头绪——

在阿尔和阿拉基亚交战的过程中，有一个瞬间阿拉基亚的样子变得很奇怪。

“那时候，不是阿尔做的……”

“嗯？不是我。首先，如果是我，在那之后会用聪明点的方法解决吧？可我差点被打得摔下去了啊。”

这么说来，若是阿尔干的，那他后来的表现确实显得笨拙。

听了二人的对话，会议室众人都看向亚伯。因为当时能有所行动的就只有他了。面对众人的目光，亚伯不耐烦地用鼻子哼气。

“阿拉基亚是‘食灵者’，具有能吞食大气中的精灵并吸收其力量的特性。”

“食灵……者？”

这个陌生且带有危险气息的词语让昴不禁瞪圆了眼睛。

昴通过至今为止的种种经历意识到，佛拉基亚帝国和卢克尼卡王国是在完全不同的规则和土壤中孕育而成的国家，看来“食灵者”又是一个当地特有的东西。

昴自己就是借助精灵力量的下级精灵术师，但现在听到的词语过于特别，直截了当地说就是——

“绝对不能让贝亚子和她碰面……那个‘食灵者’很常见吗？”

“当然不是。‘食灵者’原本是只在佛拉基亚边境部族中流传的秘术之一。后来由于其强大的特性而被毁灭，寄宿的方法也因此失传。”

“起码在我知道的范围内，除了阿拉基亚以外，没有确认到其他‘食灵者’。如果存在，应该会被周到地保护起来吧。那是观测者的……不，那个跟现在的话题无关。”

亚伯不愿扯远话题，摇摇头说“言归正传”，把话题拉回正轨。

昴得知“食灵者”很罕见后，在为不必担心碧翠丝被啃咬而松了口气的同时，反问道：

“然后呢？你是怎么迷惑‘食灵者’阿拉基亚的？”

“我没有迷惑她——只是让她中了玛娜醉。”

“玛娜醉……哈哈，原来如此。这方法真妙啊。”

阿尔对亚伯的回答心领神会，摸着自己的下巴，佩服地点点头。

昴和阿尔不同，就算听了答案，也没能反应过来。

“的确，一旦置身于玛娜浓度非常高的地方，对玛娜过敏的人就会感到身体不适……好像曾经听说过这种事。”

“因为阿拉基亚具有‘食灵者’的特性，所以她很容易受到玛娜浓度的影响。话虽如此，既然能吸收精灵，她就具有超乎常人的耐受力。要让那个阿拉基亚醉倒的话……”

“嗯，不得已用了秘宝。包括在那个上用掉的部分，我手上的已经用完了。”

那个——亚伯边说边抬起下巴向昴示意。“秘宝？.”听了他的话，昴皱了皱眉头，表示不解。

“秘宝是什么？我完全没有头绪……”

“在完成‘血命之仪’的时候，你为了折断魔兽之角，弄坏了一个戒指吧？就是那个。”

“啊……”

虽然刚才一阵恍惚，但被亚伯提醒后，昴想起亚伯曾借了一枚能使用魔法的戒指给自己。

当时在混乱的战争中，昴出拳连同戒指一起捶向艾尔基娜的角，最后戒指引发了爆炸。虽然折断了魔兽的角，但昴的手臂和戒指都伤痕累累。

“那时候我假装摔下阳台，其实是要踩碎和当时一样的戒

指。包裹在里面的玛娜随之溢出，不过花了一点时间才溢满周围空间……”

“所以阿拉基亚小姑娘是完全中了玛娜醉，才变成那副样子。哎，不过就算她变成那样，我还是会被她轻松干掉就是了。”

“那个瞬间，竟然还使出了那种小伎俩……”

明明所有人都遍体鳞伤，还被帝国最强级别的人逼入绝境，亚伯却仍在寻找获胜的机会，昴不得不佩服亚伯不轻易认输的精神。

昴也是不轻易认输的人，但他脑袋的灵光程度和亚伯相去甚远，于是屡屡出现垂死挣扎和绝地反攻的对照场面。

无论如何……

“那原本就是为了对付阿拉基亚而设的策略吧？因为不知何时会遭暗算，就准备这种小伎俩，胆子真小。”

“越是安放在身边的人，就越要准备好与他反目成仇之时的对策……尤其是阿拉基亚，拿不准她什么时候会对我露出獠牙。”

“不过，奇招只能用一次。要准备好让她陷入玛娜醉的魔晶石也不容易。在下次机会来临之前，必须确保足够的战力。可是……”

这时，普莉希拉意味深长地止住话语。

她用张开的扇子遮住嘴角，眯起红色眼睛，斜视亚伯。她的眼神似乎是在试探，她轻轻叹气，说道：

“妾身预料到你会把‘修德拉格之民’收归麾下……可是，妾身没想到你会采纳军师提出的白日梦计划，妄想无血开城攻入城郭都市，这种想法愚不可及。如此一来，妾身也无法说出‘以合作者身份支持你’这种话了。”

“合作者?!”

听到普莉希拉平静而理所当然地说完这番话，昴十分惊讶。

但是吃惊的不止昴，还有会议室内除了亚伯和阿尔外的所有人。

“等一下，等一下，等一下，话题太跳跃了！你说合作者……话说回来，我们还不知道你的立场。虽然听说过你是来救亚伯……”

“谁说妾身要来救他。不要听信小丑一派的胡言。”

“知道啦！不管你是不是来救亚伯的，这都不重要。我要问的是你的大目标。”

眼前的小目标就是与亚伯对话，这和刚刚听说的一样。

不过，昴想知道的是普莉希拉——她和阿尔，似乎还带了其他亲信，他们为什么会出现在佛拉基亚帝国。

“回答我。说实话，我和其他人都不知道你的想法。”

“哼，真是嚣张至极。妾身不在意凡夫们的想法。不管你们怎么想，妾身只会按照自己的想法行动。毕竟……”

“这世界的一切都按照妾身的意愿运行——对吧？”

昴对她的哲学耳熟能详，忍不住模仿一番，普莉希拉听到后鼻子闷哼。

“妾身的目的是让被赶下的皇帝重新坐上王座。否则，烦扰妾身的来客就会接踵而来。”

“虽然应该不用我特地解释，不过那名刺客不是我派来的。”

“妾身没有怀疑你。所以，妾身才特意让翅膀运送妾身来这里。”

普莉希拉闭上一只眼睛回答亚伯，视线看向上方。她看的大概不是会议室的天花板，而是在那上面的夜空吧。更进一步说，那不只是天空，而是将天空据为己有的东西——

“难道你和阿尔是从空中飞来的吗？”

“就是飞龙快递啦。说实话，当公主一个人跳下去的时候，我还以为世界走到尽头了。直到飞龙降低高度，我才敢下去。”

"飞龙……我之前也被普利斯提拉的水龙吓到了。"

水龙是除地龙以外的奇幻生物，没想到这次还出现了飞龙。

听说飞龙性情暴戾，驯服它需要掌握专门技术。而掌握这种技术的人员很少，因此乘坐飞龙的事例也很罕见。

"也就是说，可以使用飞龙快递的人就能当普莉希拉的合作者？"

"别做这种抓人话柄的卑鄙行为。比起聪明，用卑贱来形容你更合适。在可爱方面好好下功夫。重新化妆打扮后说不定还能看看。"

"我是撞到脑袋才会现在跑去化妆吧……"

话刚说出口，昴才意识到没换下女装这件事情本身就引人怀疑，不过在场人员都很会察言观色，因此没有人提及。

不管怎样，话题差点又要跑远了——

"如果你的目的是让亚伯回归王座，那就意味你愿意和我们互相合作？"

"妾身的真心话是无法直接承认你的说法——忘掉刚才的话吧。假如这个人没有当皇帝的资质，让他归位也没有意义。"

听到普莉希拉直截了当地质疑自己当皇帝的资质，亚伯用锐利的视线向对方瞪眼。

普莉希拉觉得有问题的是由昴提出并被亚伯认可的"无血开城"——问题不在于战术没有彻底成功，而是一开始的设想。

按佛拉基亚的做派，处事天真便会致命。事实上，也正是因为昴不够谨慎，才会导致牺牲者出现。因此，昴无法否定她的疑惑。

然而——

"我要夺回王座。无论别人说什么，这是绝对要实现的——普莉希拉，即便被你质疑，这一点也不会改变。"

与陷入沉默的昴相反，亚伯坚定地断言道。

与在昴面前表明自己的真实身份，扬言要夺回国家那时候一样，亚伯这次的宣言甚至比那时候更加激情澎湃。

听到亚伯的决心，会议室里各人的表情也有了变化。

库娜和保莉作为“修德拉格之民”的代表，眼里充满表示追随的战意，迪克尔则像是朝见神明般垂首。阿尔回头观察普莉希拉的反应，只见被正面反驳后，普莉希拉眯起红色眼睛。

“就算气魄不衰，事实也不会改变。现在，你不是被赶下王座了吗？事情已经一目了然。问题是，发动者是谁？策划者又是谁？”

“主谋应该是宰相贝尔斯特兹吧。”

听了普莉希拉的提问，亚伯黑瞳里隐含着敌意，如此回答。

宰相掌握着国家行政，实质上是一国的最高职位，同时也是国王或皇帝的心腹。若武官的顶点是将军或骑士团长，那么宰相就可以说是文官的顶点了。

无论如何，宰相正是最容易实行叛变的国家第二把交椅。

“那个老头子吗？真亏你敢用拉米亚留下的遗产。”

“我当然预料到那家伙有叛变的意思，也做了相应的准备。不过……”

这时，亚伯顿了顿，静静地叹了口气。

这不是亚伯的作风，昴还是第一次看到亚伯有这种反应。亚伯身为皇帝，即便被赶下王座也未曾动摇，这是他第一次展露出些许情绪起伏。

亚伯动摇的原因，并不在于背叛的宰相——

“负责看守的奇夏·金……‘九神将’之‘肆’的叛变意图，我并没有看穿。”

“不可能！您说奇夏一将?!”

听到亚伯吐露出蕴含羞愧之情的话语，迪克尔情不自禁地大叫起来。

身为帝国二将，迪克尔对昴不知道的“九神将”之名应该非常熟悉。在圆桌上各人的目光注视下，迪克尔摸了摸自己浓密的头发，说道：

“奇夏一将是‘九神将’之中非常优秀的实力派。比起武力，一将以智谋出色而著称，在‘选帝之仪’中，他是文森特陛下最得力的支持者……”

“也就是说，他是最出色的左右手？意思是你不仅被政治上的左右手宰相背叛，还被交情很深的左右手将军背叛了？”

“别反复强调。我的左右手还好好地接在肩膀上。”

“你这话现在听着只会让人觉得在逞强……”

听了迪克尔说明，昴感到震惊，没想到亚伯的人缘比他想象中还差。

不过，昴也曾听说佛拉基亚帝国的人思维偏激，因此被认定为能力不足的皇帝，就算当场遭到背叛也许不足为奇。

“这个国家该不会经常出现皇帝四处逃走的情况吧？”

“自我登上皇位后，单从形式来说被赶下台的情况仅发生过两次。”

“什么仅两次，这不是有前科吗！”

“蠢货，带我逃跑的是王国的近卫骑士。要抱怨就跟他们说去。”

见对方一副打心底里觉得被冒犯的表情，昴甚至懒得吐槽，闭上了嘴。

这么说来，昴以前好像听说过由里乌斯曾以使者身份出使帝国，希望他和这些事情没关系吧。否则，世界真的太小了。

“啊——所以皇帝陛下是被心腹和左右手赶下皇位，阿拉基亚小姑娘也变成了敌人……这挺不妙吧？没有人站在你这边吗？”

“跟奇夏那家伙同为‘九神将’的哥兹·拉尔丰……他竭力协助了我逃跑。要是没有他挡住追兵，估计我无法启动转移机关。”

“哦哦，不愧是哥兹一将！”

“不过，如果除奇夏和阿拉基亚外的‘九神将’都背叛我，也不知道哥兹独自抵抗能坚持多久。很有可能会战死吧。”

拼上性命保护亚伯的“九神将”虽然是一丝希望，但这希望似乎非常渺茫。出乎意料的是，迪克尔摇摇头，说道：

“不，请恕我冒昧。我没有收到哥兹一将去世的消息。不管是战死还是病死，哥兹一将这种级别的将军的死讯应该无法被隐藏太长时间。”

“那么，他有可能被囚禁吗？”

“恐怕是。不，一定是！如果是哥兹一将这种级别的武士！”

听了亚伯的话，迪克尔恭恭敬敬地行礼。

能让迪克尔如此尊敬，这个叫哥兹的想必是一个大名鼎鼎的人物吧。又或者和严肃的名字相反，对方是一名女性？

“如果敌人是宰相和‘九神将’，那么帝国就和死地没有什么区别了。”

听完众人的对话，在出现无意义的问题之前，普莉希拉如此呢喃道。昴同意她的话，举手说道：

“对了，虽然现在才提出可能有点迟了，不过让亚伯把皇帝身份公告天下，这样如何？这么一来，那些在帝都若无其事执政的家伙，也就成了谋反的叛徒……”

“很遗憾，兄弟，就算这样，也不能指望愤怒的民众与军人为夺回政权而发动流血政变。”

“我没有考虑事情会发展到这么危险的地步，不过为什么？”

“因为这里是慕强的佛拉基亚帝国。”

昴的提议被驳回，亚伯对阿尔的话做补充。

被赶下王座的皇帝双手抱胸，微微皱起秀气的眉头。

“如果我主动表明身份，将自己要夺回帝都的意愿公诸于世，应该会受到民众欢迎。只不过，这并不意味着他们会支持我。要亲手夺回被抢走的东西，这就是帝国的作风。”

“不仅是物品和土地，连皇帝之位也……”

“没有例外——所以，我该做的事已经决定好了。”

因为陷入绝境而抱头烦恼的昴被亚伯的话吓到。

本以为已经无计可施，亚伯却反而给出相反答案。他站起身来，慢慢地把手撑在圆桌上，然后……

“迪克尔二将，地图。”

“是！马上拿来！”

听到吩咐后，迪克尔马上向在房间角落待命的帝国士兵下达命令。接着，帝国士兵立刻取下挂在会议室墙壁上的地图，将其在圆桌上摊开。

这是一张世界地图，展示了包括佛拉基亚在内的整个世界。

“我们现在位于东方，城郭都市瓜拉尔在这里。然后，要夺回的帝都鲁普加纳位于帝国中央。”

“佛拉基亚可真大啊。”

通过地图标识，昴终于了解到迄今为止一知半解的国土面积概念。

这个世界的大陆由四个国家划分成四等分统治，其中占据世界地图南部的佛拉基亚帝国的国土面积最大。

就连昴他们千辛万苦才走出来的巴德哈姆密林，也仅仅占据了佛拉基亚的一小部分。

“帝国的各个都市由各自的都市长或者领主管理。瓜拉尔也不例外，每个都市都拥有自治战力，发生冲突的时候这些战力也能投入战斗——要把他们纳入麾下，确保夺回帝都所需的战力。”

“我明白，就是盗国模拟战斗游戏中的经典模式吧？”

“你好像有不满。”

“这还用问吗？光是攻陷瓜拉尔已经够呛了，我觉得事情可没这么顺利。”

亚伯指着地图说明，昴勉强能跟上。虽然跟上了，但昴只是理性层面跟上，感性层面则另当别论。

这是现实，和游戏不同。就算有在模拟RPG游戏中能实现的方法，昴也不认为能在现实中通用。然而——

“我有手段消除你的顾虑。确切地说，是为了达成我的目的而采取的必要手段。”

“必要手段是……”

“得到‘九神将’的支持。”

听到这个回答，昴瞪圆了眼睛。

这也难怪。毕竟，亚伯就是遭到“九神将”背叛，才会被赶下王座的。

对亚伯态度友好的“九神将”的安危仍是未知之数，只知道有两名“九神将”已经是敌人。剩下的……

“剩下的‘九神将’呢？”

“这就是问题的关键。”

听了昴下意识问出的问题，亚伯竖起手指，并向慌了神的昴点头示意。接着，亚伯环视其他在场人员。

“帝国人必须强大。‘九神将’正是这种观念的体现。换言之，若要称霸佛拉基亚帝国，就必须成为能管理‘九神将’的人。”

“你的意思是……”

听了亚伯的话，昴预料到他接下来会说的话，瞪大了眼睛。看了昴的反应，亚伯扭曲脸颊，露出好战的笑容。接着——

“‘蓝色雷光’塞西鲁斯·塞格蒙德、‘食灵者’阿拉基亚、‘恶毒翁’奥尔巴特·丹克肯、‘白蜘蛛’奇夏·金、‘狮子骑士’哥兹·拉尔丰、‘咒具师’古尔比·加姆莱特、‘极彩色’尤尔娜·米西格雷、‘钢人’蒙哥罗·哈格奈，以及‘飞龙将’玛德琳·恩夏尔德。”

“这场战争，能得到较多‘九神将’支持的一方就能获胜。这既是为了获得胜利的策略，也是我必须实现的绝对条件。”

2

——夺回皇位的胜利条件，就是得到“九神将”的支持。

听亚伯提到胜利条件，以及为此所需的“九神将”的名字及其别称后，昴感到会议室里的气氛一下子变得紧绷起来。

“如果在漫画或者动画里，干部级别的大人物之名被一次性公开，会是非常热血并让人兴奋不已的场面吧。”

不过一旦发生在自己身上，就不是什么值得兴奋的事情了。

亚伯所说的“九神将”的别称，就和阿拉基亚的别称“食灵者”一样，光是想象就知道每一个都是棘手角色了。

“如果胜利条件是要得到那些麻烦的‘九神将’的支持，那么我有事情想先问一下。”

“怎么，还有疑问吗？”

亚伯把手按在圆桌的地图上，装模作样地挑起一边的眉毛。

要是亚伯觉得自己刚才已经充分说明，那这位聪明人吝啬话语的程度可算是到了极点。而且昴本来就是在场人员中对帝国了解最少的一位。

“当然有很多疑问。你这种自己懂了就省略说明的做法，会让周围的人搞不清你在想什么。”

“我就把你的话当作建议，并当成耳旁风来对待好了。说出你的疑问吧。”

“不要当耳旁风，要记在心上……”

亚伯抱着手臂傲慢地回应，昴见状，叹了叹气。接着，昴感觉到周围的视线集中在自己身上，于是下定决心举起双手分别竖起四根与五根手指，说道：

“听好了，‘九神将’的人数是奇数，所以很明显这是一场争夺人数的战争。不过，现在可以肯定阿拉基亚和奇夏是我方敌人，而我们未能确认对我方友好的‘九神将’的安危。所以，我们现在已经处于劣势了。”

要获胜至少要得到五个人，但敌方手里现在已经有两名“九神将”。

最糟糕的是，帮助亚伯逃跑的那名叫作哥兹的人物生死不明，因此极有可能失去这张本应收入囊中的牌。

“对了，我搞不懂‘九神将’的体系。感觉他们是直属于皇帝的九名将军，但不是所有人都待在帝都吧？”

“一将是国家的关键人物。帝国国土辽阔，虽然帝都位于国家中心位置，但如果所有人都守在帝都，出现状况时能迅速应对吗？”

“是的。尽管在陛下统治下，动乱急剧减少，但帝国的内乱火种仍然不断复燃。守护帝国，并不是只要守住帝都就能安然无恙。”

“所以说，关键的‘九神将’也分散在帝国各处，对吧？”

普莉希拉和迪克尔分别补充，昴则用手抵住下巴表示理解。

若用身边的人举例，罗兹瓦尔在卢克尼卡王国也被授予了西方边境伯爵这个奢侈的头衔，当王国陷入困境时有作为前锋上阵的义务。

当然，为了达到这个目的，王国也允许罗兹瓦尔建立私人兵团——不过，罗兹瓦尔就算没有军队，光是在空中投掷火球就能击退大多数敌人。

“这么一想，那家伙也是个不得了的作弊者……不知道和‘九神将’相比，他的能力会在哪个位置呢，我倒是对这方面有点好奇。”

“虽然不知道你在说什么，但话题跑偏了，夏美。”

“抱歉。总而言之，如果‘九神将’分散在帝国各处，那么帝国政变并非全员参与，这样推测没问题吧？那么就有和他们谈判的余地咯？”

“据我所见，以及从现实角度考量，应该是这样。”

面对昴的疑问，亚伯点头表示肯定。

老实说，刚发现亚伯的人缘欠佳时，昴对亚伯提出的方案感到不安，但周围没人提出这一点，就说明这个问题无伤大雅。

无论如何，现在似乎是避免了所有“九神将”都投向敌方这种未战先输的局面。

“幸好排除了最坏的可能性……我还有一个问题想问。既然‘九神将’的排名是按照实力强弱的顺序排列，那我们是优先拉拢排名高的人物吗？”

“对，可以这么理解。”

“那么，能和莱因哈鲁特抗衡的好像叫作……塞西鲁斯吗？如果能把那个人拉到我们这边来，就等于吃了定心丸……说不定就能分出胜负吧？”

对方是四大国中大名鼎鼎的最强人类四人组之一。

如果话题中的塞西鲁斯是实力与莱因哈鲁特不相伯仲的人物，那么仅凭他一人不就能决定战争的走向吗？

实际上，昴还认为即便对手是王国里的全部人，莱因哈鲁特也能获胜。因此，昴对和他同等级的塞西鲁斯也抱有同样的期待。

“如果能把他拉到我们这边，战力方面确实不成问题。”

“那你为什么还苦着脸？”

亚伯皱起眉头回答昴的疑问，一脸愁容。

见昴因为自己的答案和表情互相矛盾而感到困惑，亚伯轻声叹气。

“之所以说得到‘九神将’就是胜利的条件，是因为众多将士会因为他们的功勋而追随。拥有越多‘九神将’，就代表越多的将士加入我方。明白了吗？”

“啊，我明白。所以不就代表要让最厉害的家伙加入我方吗？还是说，帝国最强这个头衔不是真材实料？”

“不，那家伙确实是帝国最强者，但有一个问题。”

“问题？”

“那家伙人缘很差。”

听了这句过了好一会儿才挤出的话，昴的思绪暂时停顿。

昴正思考所谓的问题到底是什么，对方的话语缓缓渗入大脑。人缘很差——他在大脑里咀嚼这一正确信息。

“你好意思说这话吗？”

“这是事实。虽然那家伙位居帝国一将之‘壹’，却没有任何权限。就算给予他权限也形同虚设，那家伙能做的，只有杀人。”

“那就别让那种家伙当将军！”

“好了好了，冷静点，兄弟！这是帝国的习俗，没办法啦！”

见昴对塞西鲁斯的评价情绪激动，阿尔连忙从后方架住他。阿尔单手按着昴，同时侧头往亚伯的方向看。

“实际上，除了‘壹’这个称号外，不能给他任何东西吧？要是赋予他和他身份相称的权限，说不定会被得意忘形的家伙大肆利用。”

“当然，我绝不允许除我以外的人利用那人。要是可能发生那种危险的事情，我早就处理掉了。”

“可是你之前不是孤立无援地待在森林吗……”

亚伯一副所有都在掌握之中的口吻，实际情况却大相径庭，他不过是在夸夸其谈罢了。

话说回来，被称为帝国最强的人物，在信奉强者的佛拉基亚帝国居然没有人缘，真的会有这么不合逻辑的事情吗？

“你有什么意见呢，迪克尔先生？”

“问我吗？”

“嗯，是的。请不用顾忌，务必告诉我作为帝国之‘将’的意见。关于塞西鲁斯一将，你有什么想法呢？”

“我想想……”迪克尔接过话头，抱着自己的短手臂思考。

“首先，塞西鲁斯阁下是国防的关键人物。他的确是佛拉基亚帝国精良强大的象征，也是帝国民众要精良强大这一作风的体现。”

“哦哦，分析得很有道理，还有吗？”

“性格奔放，为人亲切，对所有人都一视同仁，是个让人心情愉快的人物。总结就是……”

“总结就是？”

“许多将士认为他是个难懂的怪物，无法和他深入沟通，所以他们畏惧塞西鲁斯阁下。我认同陛下的意见。”

“评价跨度也太大了吧?!”

迪克尔一直以老好人形象示人，他应该是斟酌了言辞才如此评价。看他眉头深锁和苦思冥想的烦恼神情，足以证明上述评价是不夹杂一句谎言的真心话了。换句话说——

“借助拉拢‘九神将’之‘壹’，一口气改变形势这种投机取巧的方式行不通。没有智慧的小丑，根本想不出可行的‘idea’呢。”

“吵死了！别连那家伙人缘差的锅都往我身上甩！话说回来，皇帝和将军人缘都那么差，怪不得会有人造反了！”

“你到底要重复讲多少次？再敢说这种不敬的话，我不会轻易饶过你。”

被普莉希拉和亚伯用锐利的眼神盯着看，昴只好朝二人吐吐舌头。

话虽如此，计划经不起推敲并瓦解是不争的事实。既然得到“九神将”就等同于得到战力人数，那么急于拉拢人缘不佳的“九神将”没有任何优势。

“不如说，既然人缘差，干脆放着他不管吧……”

“那也会出问题。在某些情况下，那个人具有单枪匹马就能改变战况的力量。就算我方得到剩下的所有‘九神将’，那家伙也许凭一己之力就能取下我的脑袋。”

“真是个棘手的家伙！很碍事！”

急于拉拢的优势不大，但若放着不管，这人又是一个极度危险的炸弹。

此时身在异国他乡的昴，更加深刻感受到既有实力、性格又好的莱因哈鲁特是多么难能可贵的人才。

干脆大声呼唤他，说不定他会从邻国赶来呢。

“妾身要事先声明一下，凡夫。身为‘剑圣’，根据国际条约规定，他不能越过国境。劝你最好不要抱有无谓的期待。”

“不要擅自揣测别人的内心想法。我只是想想而已……而且只有困难的时候才想到对方，这才不是死党呢。”

就算能随传随到，为了自己的利益而随便差遣对方，这样还算朋友吗？

如果真的到了穷途末路，也许顾不上这种说法。不过昴暗下决心，在那个瞬间来临之前，都要彻底遵守伦理观念。

“所以呢，被亚伯视为军师的凡夫，还有问题吗？”

“当然有，还有我不是军师，一开始的部分……呃……”

被普莉希拉揶揄自己的身份，昴皱着眉头如此回答。然后，他正打算向下一个议题推进时——

“夏美小姐和村长先生！打扰了！”

大门伴随着气势十足的嗓音被推开了，新人物来势汹汹地出现在会议室。

他是身穿蓝色基调服饰，一头金发飒爽摇曳的美男子——弗洛普。

“找到了。”弗洛普沐浴在会议室众人的视线中，朝昴和亚伯点头。他本该待在被阿拉基亚肆虐的顶层照顾伤者。

“弗洛普先生，伤员治疗怎么样了？”

“正好稳定下来了！嗯？你这副样子，现在的角色不是夏美小姐，而是老板吗？那我还是称呼你为老板好了。”

“呃，叫哪个都行。不过，这样啊，稳定下来了……”

通过弗洛普带着微妙体贴的话语，昴得知治疗工作暂告一段落后，安心与不安同时涌上心头。

他害怕因为自己的战术失败，导致牺牲者名册上的数字继续增加。

“大家都活下来了，老板。”

TYPEFACE
WORDS

“咦……”

“虽然大家都受了重伤，但多亏了夫人和侄女的努力，保住了大家的性命。塔里塔小姐和乌塔卡塔小姐的机敏也帮了大忙。当然，我和妹妹也努力战斗了！”

也许从昴的神情看穿了他的内心想法，弗洛普挺起胸膛坚定回答。

弗洛普用手指着自己，自信地炫耀自己的贡献，显得非常干脆。他的回答也很简洁，因此昴需要半拍时间消化情报。

“没有死者……”

“是啊，这证明了大家为了活下去，都付出了最大努力。我也是，要不是有妹妹保护，说不定会撞到头一命呜呼了！哈哈哈，欠了妹妹人情啦！”

“啊，没错，确实是这样。我也欠米蒂安小姐人情了……”

弗洛普开怀大笑，面前的昴则垂下头，双肩颤抖。

毫不夸张，昴打从心底里对弗洛普的话完全表示赞同。要是米蒂安——不，要是缺少任何一个人，就听不到这个好消息了吧。

有人失去了性命，但同时也有被挽救的生命，这让昴的内心涌起澎湃的激情——

“商人，治愈术师怎么了？”

亚伯对昴的感动置之不理，若无其事地插嘴道。

治愈术师——听到这个陌生的名字，昴皱起眉头。弗洛普也同样陷入沉思，问道：

“您说的……是老板的夫人吗？”

“不然还有谁。难道当时除了那女孩之外，还有会使用治愈魔法的人吗？”

“不，只有她！只是……”

“只是？”

“村长先生，和别人交谈时，最好使用能让对方增加好感的说话方式。即使只是称呼，如果注重亲切感，事情进展就会顺利很多吧！”

面对直截了当的响亮抗议，亚伯挑起单边眉毛。

弗洛普一口气把话说完，一副理直气壮的样子。但在旁人听来，他的发言真让人捏一把冷汗。当然，亚伯用技能称呼雷姆这一点，昴也觉得不悦。

“这么说的话，直到刚刚为止兄弟那失礼的态度，显得一点说服力也没有啦。”

“想想这一路上发生的事，我用那种态度对他也不过分……这么说来，弗洛普先生也有同样的权利，是吧？”

“我不知道啦，不过我对兄弟你们这一路上的奇闻轶事倒是兴致勃勃。”

虽然对听众来说可谓是激动万分的故事，但这个话题还是留待别的机会再深入进行吧。

亚伯的说话方式先放在一边，雷姆的安危才是昴放在第一位的事项。当然，昴已经亲眼确认过她身上没有明显外伤了。

“她没有拼命过头而晕倒吧？”

“这方面就放心吧，老板。虽然体力消耗很大，但只要好好休息就能恢复。有这么一位能干的夫人，老板真有福气呀。”

“这样啊……那就好。”

弗洛普打了包票，昴才松了口气，放下心头大石。

目前情况危急。虽然现在只能依靠雷姆，但说实话，昴非常害怕她拼命过头。而且只要在她自己力所能及的范围内，不管昴说什么，现在的雷姆都不会听劝。

“夫人？”

在昴放下心来之际，一旁的阿尔静静地呢喃道。

他把手抵在铁头盔的下颚部分，侧着脑袋思考。

“在上面的时候好像没看到，兄弟那边的小姑娘也来了吗？”

“我那边的小姑娘……你是说爱蜜莉雅炭吗？不，她没来。要是她过来了，我心里该会多么踏实……说归说，我反而不希望她来这里。”

爱蜜莉雅温柔的性格和佛拉基亚帝国的作风可谓水火不容。

虽然爱蜜莉雅的思维方式有点身体先于脑袋行动的倾向，在直观感觉上可能与帝国的作风合得来，但帝国的残忍程度远远凌驾于这部分之上——帝国不适合爱蜜莉雅。

“小姑娘以外的夫人吗？”

“事先说好，只是解释起来太麻烦才这么说的。不过说实话，她是我决心要一辈子珍而重之的人。无论如何，我都要带她回去。”

阿尔依然用手抵住下巴，小声嘀咕。见状，昴向他解释道。

阿尔和自己一样待在帝国，应该不会散布奇怪的传闻。只是昴不想被人胡乱猜测，也不想自己的决心被浇冷水。

“那边的斯文男子，他称呼你为商人……你也是亚伯的部下吗？”

“唔，我不是他的部下。因为发生了点状况，我和妹妹与老板及村长先生是合作关系。不过，说是刚认识的朋友比较合适吧！”

“哦，是朋友啊。”

和弗洛普对话后，普莉希拉轻轻微笑。她用扇子遮住嘴唇，意味深长地看向亚伯。

“竟然背着妾身花心思交朋友。看来佛拉基亚皇帝的工作十分清闲。”

“别说这种带刺的话。再说，我可不记得跟那边的男子交过朋友。”

“你说的什么话，村长先生！我们不是一起穿女装越过死亡线的交情吗！”

“一起越过死亡线就是朋友了？要这么算的话，每一位帝国士兵都是我的朋友。而且和我关系最亲密并一同越过死亡线的人，还是我的敌人。”

亚伯利用自己的处境完美地举出反例，弗洛普听后沉默了。

然而，说这话的亚伯也并非毫发无损，这个反驳算是双刃剑了。

“总之，弗洛普先生带来了好消息。我们这边也正要进行积极的谈话……”

“慢着——”

“怎么了？”

在没什么进展的会议中，难得出现一个让人心情愉快的话题。昴正想趁势活跃气氛，却遭到亚伯打断。亚伯抬了抬下巴示意弗洛普的方向。

昴也顺着他的动作，把视线挪到弗洛普那边。

“弗洛普先生？”

亚伯之所以示意昴看向他，是因为注意到了弗洛普的表情变化。

弗洛普脸上总是挂着明快开朗的表情，一直像太阳般温暖待人，现在眼里却浮现出些许踌躇和担忧。

“身为商人，理应特别讲究话题的转换方式。就这一点看来，我认为你不适合当商人。”

“这类意见我听过很多遍了，所以也有反省，不过现在先不说这个了……老板，我刚刚有些话没说全。”

瞥了一眼向自己提出意见的亚伯，弗洛普转头看向昴，他的长睫毛因为担忧而抖动着。

他端正的脸庞浮现出的殷切神情，让昴的内心不由得揪紧。尽管昴不想听他说下去，但又不得不听。

在这层意义上，弗洛普天生就拥有能让对方倾听自己说话的才能。要不是现在这种情况，昴就会啧啧称赞这种才能可以好好应用在商人这一职业上了吧。

然而——

“这事跟村长先生也有关系。希望库娜小姐和保莉小姐也一同前来。”

在无法打断弗洛普的现在，这个才能的可恨程度不亚于被诅咒的才能。

3

“亚伯和夏美也来了啊。”

听到弗洛普点名，昴等人暂时离开会议室，来到了都市厅舍顶层。

伤员聚集在这个空间里，看上去就像是野战医院。出声迎接昴等人的是米杰尔达，她已剪去了烧焦的黑发。

在阿拉基亚的袭击中，米杰尔达受伤最严重。

就算她拥有非常强韧的身体，仅凭雷姆未恢复正常的治愈术，又能对抗伤势到哪种程度呢？现在的情况无疑在考验米杰尔达的生命力。

“不好意思，把你们叫过来。不过，我觉得有必要尽快告诉你们。”

“米杰尔达小姐……”

米杰尔达坐在墙边的雕塑品上，边说边微微一笑。

作为强悍的亚马孙族一员，米杰尔达的微笑里蕴含着野性风格，昴他们也见过好几次，现在却不复存在了。

尽管如此，她的眼睛依然炯炯有神，表情也充满力量，所以整体显得有失平衡。

“我要先道谢。多亏雷姆，我才捡回一命。真是奇迹啊。然后，你成功夺下了都市。我以修德拉格族长的身份，对你的英勇表现表示由衷敬佩。最后，为了今后的战斗，我必须宣告一件事。”

称赞完雷姆和昴的奉献后，米杰尔达正襟危坐，接着——

“我要将修德拉格族长之位，让给我的妹妹塔里塔。我的职责到此为止。”

米杰尔达抚摸着缺失膝盖以下部分的右腿，宣布将职位交给其他人。

米杰尔达坚定地宣告让出族长之位。她极具野性、眼神犀利的美貌上洋溢的霸气未曾衰减，就和初次见面的时候一模一样。无论何时何地，她总是给人一种强大女子的印象。

始终维持着这个形象的米杰尔达失去右腿后，决定退下族长之位。而围绕在米杰尔达身边的众人，脸上都写满了浓重的遗憾之情。

“修德拉格之民”一直近距离地见证族长米杰尔达的强大，她们内心的懊悔和失落感，绝对无法轻易抹去。

平常冷冰冰的库娜成了扑克脸，总是优哉游哉我行我素的保莉显得沮丧万分。泪眼婆娑的乌塔卡塔咬紧嘴唇，低下了头。其他“修德拉格之民”也满脸阴沉。

然而，人群中最激动的是——

“阿……阿姊，不行的。我怎么能……胜任族长……”

“塔里塔。”

“族长之位只有阿姊能胜任！我不是当族长的材料……”

塔里塔不情愿地摇头，拼命拒绝。

塔里塔被米杰尔达亲自点名接任族长。塔里塔十分敬爱姐姐，平常的言行举止透露着她对姐姐抱有近乎崇拜的感情。正因如此，对于米杰尔达失去右腿的事实，塔里塔比当事人更受打击。

“都怪我，是我能力不足。”

听到塔里塔悲痛地诉说，回应她的是一个虚弱的自责声音。

声音的主人是雷姆，她待在集中安置伤员的楼层一角，拄着拐杖，面容憔悴。

她是在场唯一能使用治愈魔法的人，为了尽可能拯救伤员，她左右穿梭，来回奔跑。从她染上血迹的衣服和头发，以及疲倦的神色就能看出她的工作量有多么庞大。

在雷姆这副样子和悔悟情感面前，谁又忍心责怪她呢？因此——

“雷姆，你不必自责。和帝国之‘将’战斗，只失去一条腿就已经是万幸了……不，这还是在你的帮助下才能实现的。”

“米杰尔达小姐……可是……”

“我对你只有由衷的感激。仅此而已。”

面对当事人米杰尔达的反复道谢，雷姆无法再开口。

这时，鲁伊顶着一头凌乱的金色长发，靠近沉默不语的雷姆。雷姆把手搭在抓住自己裙摆的鲁伊的肩上，静静地垂下了眼睑。

雷姆感受到的自责和无力情感，昴再清楚不过了。然而，还没等昴开口，黑发美男子就抢先向前迈步。

“米杰尔达，你不打算改变主意吗？”

亚伯上前一步询问，坐在雕塑品上的米杰尔达点头。她轻抚裹着绷带的腿部切口，说道：

“对，我不会改变主意。我们会遵守修德拉格和佛拉基亚皇帝的盟约。接下来的事情就别问我了，去问塔里塔……不，问族长吧。”

“明白了。米杰尔达，辛苦了。”

米杰尔达决意退位，亚伯一脸敬佩地表示理解。见此，米杰尔达开怀大笑。

“呵呵，想道谢的话不如笑一个吧，这是美男子的义务。”

“哼。”

“这样就好。”

完全看不出她刚失去了一条腿，米杰尔达的内心实在强大。

她内心之强大，甚至连亚伯这种桀骜不驯的人也没有斥责她的无礼，反而冲她微笑。

这正是被夺去王座的皇帝，对在森林里生活的女战士表达敬意的最佳证明。然后……

“听好了，我的同胞们啊！”

收回微笑的表情，米杰尔达抬起头高声说道。

听到威猛的声音，一众“修德拉格之民”端正姿势，认真聆听。

“正如我刚刚的宣言，我身为族长的职责到此为止！至此，将族长之位让给我的妹妹塔里塔！以后，大家要遵从塔里塔之命！这是我以族长身份下达的最后命令——感谢祖先的誓言，感谢祖灵的骄傲！”

“感谢！”

一众“修德拉格之民”跟随米杰尔达诵唱。

昴不了解她们的习俗和长年累月的习惯。但就算是他这种门外汉兼局外人，也能凭感觉明白这是她们的继承仪式。

简短，不讲究繁文缛节，兼具实用性和观念性的继承仪式。

就这样，“修德拉格之民”的族长之位由米杰尔达传给了塔里塔。

“阿姊……”

“不要一脸沮丧，族长。你迷茫，我们就会迷茫；你犹豫，我们就会犹豫；你的死亡，也等同于我们的死亡。”

米杰尔达走到塔里塔身边，鼓励郁郁寡欢的新任族长。

她的鼓励未能让塔里塔一下子豁然开朗，然而，塔里塔似乎已经理解，哪怕苦苦挣扎，状况也不会改变。

经过一阵沉默，塔里塔无声地、怯生生地点点头。

见此，米杰尔达眼里掠过了复杂感情，却没有被低下头的塔里塔看到——那是只属于她自己的圣域。

4

“说实话，我感到很意外。”

看了族长交接仪式和听了伤员报告后，昴向亚伯搭话。

被叫住的亚伯不知道昴想说什么，眉头深锁，一脸不悦地询问：

“什么事？我有很多事情要思考，不要连你也来给我增添烦恼。”

“不要说得那么难听嘛……我只是觉得很意外，没想到你这么干脆地同意米杰尔达小姐离开战场。我以为你肯定会说，‘不过是少了一条腿，要为我战斗到最后一刻’这种话。”

虽然这想法太过极端，但昴还是对亚伯直言不讳。

为了夺回皇位，亚伯把“修德拉格之民”纳入麾下。为了攻陷城郭都市瓜拉尔，这位皇帝甚至想过最坏的情况——使用毒物污染。

亚伯——不，如果是文森特·佛拉基亚，就算要下无情的判断也在所不惜吧。

“蠢货。如此强人所难，究竟有何意义？”

昴坦白真心话前已经做好了被骂的准备，意外的是，亚伯的回答很冷静。

在感到扫兴的昴面前，亚伯眺望在远处交谈的“修德拉格之民”。

“我本来就不强求部下做超出能力范围的事情。我已经命令她们竭尽全力了，居然还指望她们做出超出自己能力范围的成果，这不是痴心妄想吗？成果超出预期，只会打乱我的计算。我对部下的要求不会多也不会少。而且，米杰尔达已经完成了自己的分内职责。我要做的只有给予她奖赏。”

用言语激励，用奖励激发潜能，犒赏后承诺再接再厉。

昴还以为权力者正是用这种方式让部下服从。因此，亚伯的回答和昴的设想完全相反。

不要求部下做出超出自己能力范围的成绩——在某种层面上，他为部下提供了一个舒适的工作环境，但同时也让人感觉寂寞。

“当然，如果工作成果没有达到评价标准，就会给予惩罚。赏罚分明，你明白我的意思了吗？”

“你的意思是，要惩罚我？”

“如果你是我的部下，我会这么做。可你是我的部下吗？”

被对方从正面盯着看，听了他的话，昴瞪大了眼睛。

当然，昴可没有当过亚伯部下的记忆。与普莉希拉对话时，尽管亚伯把昴当作军师，但昴可没打算接受任命。

“虽然军师的头衔很吸引人，但要当你的部下就免了。”

“我想也是。你不是我的部下。所以，你不在赏罚分明的范围里。”

“这样一想，你算是我的什么人……”

虽然从结果来说，自己是在不得已的情况下和他一起行动。不过，二人之间本来就不是主仆关系，也没有建立起任何亲密关系。只是在机缘巧合之下成为命运共同体，等所有问题解决，二人就会分道扬镳。

既不是己方也不是同伴，更谈不上战友。非要说，就是男扮女装的同伴罢了。

“曾经有人擅自称呼我为朋友，你这家伙看来不会这样。”

“是啊。因为我怕生，不会轻易和别人交朋友。”

考虑到现在的情况，能在这种地方结交朋友的不是大好人就是诈骗犯了吧。弗洛普不过是刚好属于前者罢了。然后……

“我和普莉希拉还有事要谈。你去完成自己的分内事吧。”

“我的分内事……”

“不用我说，你也应该知道。”

亚伯突然睁大细长的眼睛，昴看向楼层角落位置。

只见雷姆瘫坐在地上。她低着头，所以看不清表情。想到她刚刚陷入深深自责，昴自然不能放任不管。

只是被亚伯抢先一步提醒，昴觉得有点不服气。

“我不希望因为你和普莉希拉的口角，导致再次开战。注意你的说话方式。”

“你搞错对象了，我猜应该有很多人对你提出过上述忠告。”

二人以牙还牙，互相挖苦后，亚伯回到会议室，与昴道别。

随着族长交替，“修德拉格之民”的状态也会随之改变。包括这个问题在内，亚伯需要跟普莉希拉进行对话。而这种时候，昴没有太多出场机会。

昴首先要做的，是只有自己才能胜任的谈心。

“雷姆，现在方便吗？”

昴轻轻地深呼吸，等情绪稳定下来后向雷姆搭话。

雷姆弯曲膝盖，背靠墙壁坐着，听到昴的话后便移动身躯。昴的身影在那双淡蓝色的眼眸中若隐若现。

“是你啊。你打算什么时候才换衣服？”

“比起换衣服，我得以你为先。我说完话后马上去换。”

“是吗？那么，谈话到此为止。请你去换衣服。”

“你怎么草草结束话题！”

雷姆爱理不理，冷冰冰的态度让昴不禁大叫起来。然而，他的大嗓门反而惹得雷姆向他投去锐利的视线。

“请保持安静。”她说道，然后抬起下巴示意靠在自己左肩上睡觉的少女，“鲁伊睡着了，你大声说话会吵醒她，请你注意……还是说，你连这点关心都不愿意给予这孩子吗？”

“不要说这种揶揄的话。是我错了。”

鲁伊发出轻轻的呼吸声，靠在雷姆身上。

鲁伊的白色衣服也染上了血迹。听说雷姆实施治愈魔法治疗伤者的时候，她也有帮忙。听乌塔卡塔说，鲁伊虽然笨拙，但也有乖乖地听别人吩咐。

当然，昴听了内心感到十分复杂。

“看你打扮成这样却露出凶狠的表情，让人情绪混乱。”

“啊，也是，抱歉。妆容也乱糟糟的，很难看吧？”

“从你化装开始就很难看了。”

“啊哈哈……”

听雷姆一如既往地不留情面挖苦自己，昴感到浑身乏力，非常沮丧。接着，他慢慢挪向雷姆的右侧——也就是鲁伊的反方向——弯下腰，和雷姆并肩而坐。

眼角扫到雷姆抗议的视线，不过昴刻意无视了。

“雷姆，你做得很好。多亏了你，大家都得救了。”

“我也深刻感受到自己能力不足。说实话，我太没用了。”

“雷姆……”

回应昴的慰问后，雷姆低下头，不甘心地看着自己的双手。她看着白皙的手指，轻轻咬住嘴唇。

“你怎么会没用？你的记忆明明还没恢复，却能出色地使用治愈魔法救治那么多人。只是……”

“我知道，其实这个魔法还能发挥出更大威力。”

“发挥出更大威力是指……”

“就是治愈魔法。现在我使用的魔法，是凭自己的感觉驱动的，也就是自成一派。虽然在鲁伊的帮助下，勉强算有个形式……”

雷姆止住了话语。

丧气话一说出口，就会成为伤害自己和他人的毒药。虽然能让胸闷的感觉得到少许舒缓，但雷姆厌恶让自己变得轻松。她陷入深深自责，觉得因为自己能力不足无法救助他人就是证据。

这种折磨自己的心情，昴感同身受。

比起本就无法跨越的壁垒，明明可以做得更好却未能如愿的不甘更让人感觉痛苦。要是关系到的不是自己，而是别人的未来，痛苦便会更加强烈。

雷姆向昴吐露未曾有过的感受，湿润的双眸凝视着昴，嘴唇颤抖。

“如果……如果是以前的我，会怎么做？”

“有记忆的雷姆吗？”

“是的。假如是有记忆的我施展治愈魔法，米杰尔达小姐的腿就能……”

就能保住吗？雷姆欲言又止，昴听后，闭上了眼睛。

昴明白雷姆的心情。但是，有无记忆会给雷姆的治愈魔法造成多大的影响，昴这个门外汉难以判断。

雷姆那双淡蓝色的眼睛紧盯着昴，她的双眼里蕴含着真挚情感。

昴不知道自己给出的回答是否就是雷姆想要的答案。他眼前只有两个选项：若是以前的雷姆，是“能做到”，还是“做不到”。

哪个答案才能成为雷姆的救赎——不，才不会对雷姆造成更大的伤害呢？

“就算有记忆，我想也无能为力……治愈魔法也不是万能的。在当时的情况下，你已经尽力了。”

这几秒的苦思冥想在昴看来异常漫长，他思考后如此回答。

就算雷姆有记忆，在身体一切正常的情况下使用治愈魔法，也不一定能保住米杰尔达的腿。

事实如何并不重要。

一旦展开悔不当初的话题，便会无止境地深究下去。雷姆确实没能保住米杰尔达的腿。但是，她拯救了包括米杰尔达在内的许多伤员的性命。

这些功绩理应受到褒奖，她完全没有自责的道理。相反，如果说谁应该受到谴责……

“能力不足的人是我才对。”

“咦……”

“是我没有考虑周全。我应该更认真地斟酌各种事项。”

听到昴的答案后，雷姆睁大了圆溜溜的眼睛。

她面前的昴紧紧咬住牙根，用双手遮住自己的脸。

如果要诅咒能力不足的人，那么惩罚应该降临到昴身上才对。

“一切都是我的错。”

昴自以为是地提倡“无血开城”，实际结果却和理想相去甚远。

不仅因为阿拉基亚闯入而造成许多人受伤，几名都市卫兵还被前来劫走她的敌人杀死。虽然身边的人都保住了性命，但看到米杰尔达失去了腿，昴哪里好意思说出“无血”二字呢。

失败了。一次失败又导致下一次失败。失去了挽回的机会，失败不断累积。

明明想实现最理想的大团圆结局，迎接昴的却是不伦不类的好结局，或者该说是不伦不类的坏结局。

“赏罚分明”，借用亚伯的这句话，昴应该受到惩罚。最坏的情况是不惜发动“死亡回归”，也要考虑如何挑战实现最佳结果的可能性……

“为什么？”

昴陷入沉思，一个声音突然敲击他的鼓膜。

他猛地抬起头，刚好和紧盯着自己的雷姆四目相对。

雷姆的双眼刚刚还因自责而湿润，不知怎的，现在出现了更深的自责感情，直勾勾地凝视昴。

“为什么会变成你的错？”

昴在雷姆的注视下慌了神，身体无法动弹，于是雷姆又问了一遍。

双眼湿润的她伸出手，指向满目疮痍的都市厅舍。

“米杰尔达小姐失去了一条腿，鲁伊和乌塔卡塔受伤，米蒂安小姐和弗洛普先生受伤，全部是你造成的吗？”

“这个……没错，是我害的。如果我能准备得周全一些，就能避免这种事情发生。”

“你想出对策，看似有勇无谋的计划也做出了成果。不但成功压制二将，还在不打仗的情况下顺利进入都市。一切都按照计划进行。”

“可是，在那之后……”

“那之后的事与你无关！”

见昴固执己见，雷姆柳眉倒竖，提高音量说道。

突然这么大动静，弄得依偎在雷姆肩膀上的鲁伊脑袋滑落到雷姆的大腿上。鲁伊小声呻吟，但没有醒过来。雷姆扶住她的肩膀，调整呼吸后定睛看向昴。

“没人能预料到之后发生的事情。那个半裸女子突然出现，还到处肆虐，这些都是无法预测的事情。尽管如此……尽管如此，你为什么还要把所有责任都往自己身上揽？”

为什么？被反复提问的昴屏住呼吸。

如果要说为什么，昴认为这是拥有力量的人应当负的责任。

正如雷姆嗟叹自己的治愈魔法能力不足，昴也为自己的权能无法弥补悲惨事态而感到懊恼，也会长吁短叹。因为“死亡回归”所能运用的范围要广泛多了。

只要昴使用这能力，他既能让未来变好，也能让未来变坏。但是……

“因为……”

——因为就算对方是雷姆，也不能把这个真相告诉她。

这个对象不仅限于雷姆。

昴拥有权能这件事情不能告诉任何人，就算是推心置腹的对象也不例外——不，正因为是交心的对象才不能说。

如果把这个真相告诉对方，也许会连累对方丢掉性命，所以昴必须彻底守住这个秘密。

疼痛很可怕。想将“死亡回归”的事情公之于世时，痛苦就会来临，非常可怕。心脏被紧紧揪住的剧痛，就算体验无数次也不会习惯。

然而，真正可怕的并非疼痛，而是丧失。

世界上还有比失去更加可怕的事情吗？

也许因为对此的恐惧到了极点，菜月昴才会被赋予这个权能。

“你那时候，为什么保护我？”

“咦……”

“就是被那名半裸女子袭击的时候。我推倒柱子，但对她不起作用……她面向我准备攻击时，你挡在了我前面。”

为了拯救被阿拉基亚袭击的雷姆，昴不自觉地站到了她身前。

张开双臂，拼命阻挡一切威胁接近雷姆。那一刻，即使死在阿拉基亚的攻击下，昴也在所不惜。

昴希望雷姆比自己活得久一点，哪怕只有一秒也好。那是因为……

“提出无血开城的战略，当时挺身保护我，就连米杰尔达小姐失去腿一事，你都打算独自把这一切扛下来……你并没有那么强大，无法圆满完成这一切……而且一开始我还因为你身上有着让人厌恶的臭味，对你提高警惕了。”

说到这里，雷姆止住话语，把视线转向在自己腿上睡着的鲁伊。雷姆温柔抚摸鲁伊的金色头发，又重新看向昴。

“我也好，鲁伊也罢，亚伯先生、米杰尔达小姐他们，还有米蒂安小姐和弗洛普先生等人，都是拥有自我意志的人，你不必把保护所有人的责任扛在肩上。”

“啊……”

“请不要一个人把一切都揽在身上，我们自己的行为所产

生的责任，你没必要背负。”

被她连珠炮发般的话语压倒，昴的嘴巴一张一合。

她在说什么？昴的大脑拒绝快速理解。他不想再听了，一股莫名其妙的焦躁感正在灼烧他的内心。

诅咒自己能力不足的昴，被雷姆用真挚的感情循循善诱。

不能再让她说下去了——

“因为……”

心里明明知道不能再让她说下去了——

“因为，你不是英雄。”

5

摇摇晃晃，步履蹒跚，昴在都市厅舍里徘徊。

他不知道要走去哪里。话说回来，他甚至不知道自己什么时候迈出的步子。等回过神，双腿已经动了起来。就连现在，意识依然迷迷糊糊的。

“啊！”

突然，他正面撞上了坚硬的物体。

定睛一看，似乎是昴低着头走路时撞到了墙壁。额头实实在在地撞上了空无一物的墙壁，他按住生疼的额头，呼了呼气。

然后，他若无其事地用隐隐作痛的额头再次撞上前方坚硬的墙壁。

伴随着硬物冲击和一声闷响，他感受到一阵剧痛直冲脑门。

他莫名地渴望着这份痛楚，于是一次又一次地用额头撞向墙壁。

一次，两次，已经数不清撞了多少次——

“喂喂，住手吧，兄弟。”

在摆好姿势蓄力之际，他的肩膀被人从后方抓住，然后听到有人向自己搭话。

回头一看，黑瞳对上了隔着铁头盔看着自己的视线——

“我懂你寻死的心情，但这种事情无论做多少遍，都不会有止境。”

The only ability I got in a different world "Returns by Death".
I die again and again to save her.

第三章 应当前进的道路

Re:从零开始的异世界生活
Re: Life in a different world from zero

1

肩膀被强壮有力的手臂一把抓住，昴被迫转过身来，瞪大了眼睛。

对面的铁头盔也同样睁大眼睛盯着他——阿尔的话出乎昴的意料。

阿尔用力抓住昴的肩膀，力气大得让人无法忽视，似乎在阻止昴重复用头撞墙的自残行为。

“别这样了。”

“啊……”

对上视线后，对方再次出声阻止，昴叹了叹气。

被阿尔指责刚刚的奇怪行为，难堪和羞愧之情顿时涌上昴的心头。自己就像一个被遥控着跑向墙壁的游戏角色。

包含放弃思考这一部分，昴刚才的样子简直和被操控的游戏角色一模一样。

“要是继续撞头把脑袋撞坏了，我可不管。不，就是因为不能放着不管，所以我来阻止你了。”

“给你添麻烦了，不好意思。”

“怎么跟我这么客气？还有，你的声音也嘶哑过头了吧，好吓人。”

被阿尔这么一说，昴才震惊地发现自己的声音居然如此沙哑。昴再次自嘲，整个人都被精神崩溃的影响压垮，精神状态变得一塌糊涂，真为自己的丑态感到羞愧。

这也难怪。毕竟不是别人，而是雷姆亲口对昴说出——

“那位小姑娘说的话让你这么受打击吗？”

“嗞。”

听到阿尔的问题，昴像条件反射似的猛地抬起头。阿尔见他反应强烈，打趣了一句“好吓人”后放开了他的肩膀，不过昴迎上去缩短了二人的距离。

“你听到我们的对话了吗……”

“我不是故意偷听的。只是刚好要去找你，看到你们在谈重要事情。之后就见你魂不守舍地走了出来，结果正如我所料……”

阿尔一边说，一边用手敲了敲自己头盔的额头位置。

如昴所料，昴担心的事情真的发生了。与其说阿尔善于观察，不如说昴已经把“绝望”二字写在脸上，旁人一看就明白。

阿尔示意的额头位置因撞墙而产生一阵剧痛，沉重的惩罚让昴不由得低下头。

“不过，你在小姑娘面前倒是勉强保持镇定了，应该没有被她发现。”

“是……吗……”

阿尔一边玩弄头盔零件，一边补充道。虽然很没出息，但昴听后感觉松了口气。至少自己这副丑态没有让雷姆感到困扰，这样就足够了。然后……

“阿尔，你刚刚说的……是什么意思？”

“刚刚说的？”

“你说你懂我寻死的心情这句话。”

昴捂住发疼的额头，询问阿尔那句话的真正用意。

阿尔阻止了昴的自残行为，并让他恢复冷静。但是阿尔那句无意的话语，在当时那种状态的昴看来，的确饱含深意。

或者说，那句话听起来让人怀疑阿尔是否知道昴拥有特殊体质——也就是昴的权能。

“虽然不想这么说，但我也是一把年纪的大叔了。我也经历过兄弟刚刚那种地狱般的场面，也在可爱女生面前出过糗。”

“啊？”

“啊什么啊？凡是男子，都会经历过羞耻到想死的事情。就算到了这个年纪，有时也会搞砸。看到当时公主的眼神，我真想当场找个洞钻进去。”

阿尔嬉皮笑脸地说着，拍了拍昴的肩膀，逐一讲述过来人的经验教训。

这些内容和态度，让昴下意识定睛回看阿尔。昴想弄清楚阿尔到底在打马虎眼还是在说真心话。

“嗯？怎么了，兄弟？”

然而，就算昴想探寻阿尔的真心，也因为阿尔被漆黑的头盔遮挡而无法实现。

昴一直以为阿尔的打扮只是奇怪的时尚，但到了现在这种和他对峙并想探寻他真心的时候，昴才发现原来这是牢不可破的强力防护。

同时，昴也察觉到自己太过敏感。

“没有被发现，是吗……”

阿尔的话语，只是碰巧引起了昴的注意罢了。

如果阿尔知道“死亡回归”，那么他应该会用更加浅显易懂的方式告诉昴。“死亡回归”这个权能，本身就是危险的代名词。

就像罗兹瓦尔一样，一旦知道了就忍不住去触碰。

同时——

“被召唤到异世界的人，不是所有人都被赋予了某种能力。”

虽然昴不知道阿尔际遇的详细情况，但这样想似乎比较合适。

因为如果阿尔也具备了某种特殊能力，那么他失去的左臂——应该就能阻止这种事情发生了。

例如，假设昴也同样面临失去一条手臂的事态，那么在失去左臂之前——

“回归吗……”

想到这里，昴目不转睛地盯着自己的左臂。

虽然只是假设失去四肢的情况，但这种事情完全有可能发生。昴能以四肢健全状态平安活到现在，说到底都得归功于“死亡回归”。

在丢掉性命的轮回中，缺胳膊少腿的情况也时有发生。

如果在那些轮回中没有丧命，那么现在的昴就很有可能以失去身体某部分的姿态活在这世上了。

昴曾痛下决心，绝对不能过度依赖“死亡回归”。

这样一来，要依赖到哪种程度才合适呢？

手、脚、手指、眼睛，要失去多少器官，才决定发动“死亡回归”？如果失去的不是自己的手脚，而是爱蜜莉雅或者雷姆的，到时候要怎么做呢？

在水门都市普利斯提拉时，里卡多失去手腕，昴却没有为他发动“死亡回归”。而当下，他也没有为失去腿的米杰尔达发动“死亡回归”。

尽管昴知道使用权能有可能获得更好的成果。

尽管昴知道可以减少因为失去手脚而前途尽毁的人。

“我……我是伪善者。”

明知道赋予自己的权能有着强大力量，却无法踏出决定性的一步。

菜月昴这个人真的、真的既窝囊又自私。所以——

“才会让雷姆也……啊?!”

“这是恶性循环，兄弟。”

才会让雷姆也说出关键的那句话。

垂头丧气的昴，额头被人用力地弹了一下。伴随着清脆响声，昂疼得直飙眼泪，连忙看向阿尔。

“什……什么……”

在被泪水模糊的视野里，昂看到阿尔不耐烦地竖起手指指向昂。

“我说兄弟啊，那个小姑娘不过是说了一句话，你要意志消沉到什么时候？被稍微说了一下就这样，你也太没出息了吧？你自己都不觉得吗？”

“这……这个……”

“要是这种程度就把你压垮了，我也会伤脑筋。说这话有点不好意思……我对兄弟可是充满期待啊。”

“期待？”

昂从来没想过对方会这么说，错愕地反问道。

看到昂的反应，阿尔深深点头，表示肯定。

“没错。兄弟还记得你在普利斯提拉的演讲吧？”

“啊，嗯，还记得。但是……”

“当时我应该说过吧？在那个地方通过广播进行演讲，就意味着兄弟要背负‘英雄幻想’。”

昂回想起那个绝望的情景：水门都市被大罪司教侵略，陷入了穷途末路的险境中。

当时有人要求昂演讲，在昂缺乏踏出最后一步的勇气时，是阿尔鼓励了昂。昂记得阿尔当时曾经提及“英雄幻想”。

“英雄”就是背负众人的期待与希望，绝对不容许失败的人物。

昂背负着每个人的愿望，即名为“英雄”的“幻想”。

而当时，昂十分轻松地回答了——我一直都是这么做的。

“现在也一样。被一个人否定，有什么关系呢？兄弟至今为止的成果和决心，都不会因为那句话被全盘推翻。不要认输，兄弟。反击回去，兄弟。不要让我失望啊，兄弟。”

阿尔提及昴在水门都市的功绩，再次鼓励昴。

失去所有记忆的雷姆，退化成幼儿的鲁伊，当然还有亚伯、弗洛普、米蒂安和“修德拉格之民”，他们都不知道昴在水门都市的功绩。

普莉希拉虽然知道，但可能已经忘记了——

“我可没有忘记。还有先跟你说一声抱歉，事到如今，我不会让你逃掉，兄弟。”

“不会让我逃掉的意思是……”

“事情已经发生了。已经挂上去的招牌，直到死那天才能被取下，就是这个意思。”

阿尔这番批判性的话语，让昴再次屏住呼吸。

昴这才知道，水门都市的广播，不仅影响到差点被不安和恐怖吞噬的都市市民，还传到了都市之外。

阿尔说，已经挂上去的招牌，直到死那天才能被取下。

然而，菜月昴永远不会“死”。因此，只能一直抵抗——

“我一直……”

听了阿尔的话，昴双手捂脸，挡住自己的视野，吐露话语。

雷姆那句致命性话语一直在昴的脑海里回响。那句绝情话语把昴的心彻底撕裂，差点让他淹死在血泊中——

“因为，你不是英雄。”

“我一直靠雷姆的鼓励坚持到现在。”

“因为，你不是英雄。”

“因为雷姆相信我，我才没有半途而废，一直坚持到这里。不管是在‘圣域’、在普利斯提拉，还是在普勒阿得斯监视塔的时候，都是这样……”

“因为，你不是英雄。”

“雷姆醒过来了，即便失去记忆，我也很开心……只差一步就能夺回一切了，明明现在是最需要努力的时候。”

“因为，你不是英雄。”

“那曾是像有魔法一样，给我鼓舞的话语。”

“因为，昴是雷姆的英雄啊。”

就是因为这句话，因为雷姆的信赖和支持，昴才能坚持到了现在。

要是她把这句话收回去，菜月昴就——

“既然如此，把它夺回来就好啦。”

“咦？”

昴双手遮脸，差点淹没在眼皮后方深不见底的黑暗之中。听到阿尔的话，他倒吸一口凉气。

睁开眼后，昴看到阿尔把脸凑了过来，不由得后退。然而，不打算让昴逃跑的阿尔连忙靠近，拉近了彼此的距离。后背已经碰到墙壁，昴无处可逃，阿尔伸长手臂抵在墙上，封住了昴的退路。然后——

“去夺回来。把那个小姑娘的期待和兄弟本人的自信都夺回来。”

“期待和……自信……”

“招牌已经不能摘下来了。只能战斗到底。既然一直落败让人无法接受，那就只能回应期待，不断打胜仗。就这样一直

赢下去，最终把一切夺回来。只有用更出色的成果才能把失去的期待和评价夺回来。这个道理，兄弟也明白吧？”

阿尔猛地把脸靠近，冰冷的铁头盔抵上昴的额头。他异常坚定且真挚地向昴诉说，甚至没察觉到彼此的额头贴在一起。这个事实本身，以及它给昴带来的宛如神明启示般的冲击十分巨大。

失去的期待与评价——对昴而言最痛苦的记忆，莫过于在王都里的失态。

当时，昴辜负了爱蜜莉雅的信任与期待，国王选举候选人们对他的评价也一落千丈。在那之后，昴正是通过自己的行动，才让她们对自己恢复信心。

绝对不是像现在这样，受打击后用头撞墙。

“我是傻子吗？不对，我就是傻子……”

没有进步，没有成长。最重要的是，昴根本没有磨磨蹭蹭的时间了。

必须保护雷姆，并安全带她回去。现在和那时候不一样，想要达到这个目标所需的可靠同伴都不在场——如今，雷姆只有昴了。

就算失去记忆的雷姆不再承认昴是英雄，就算她用和同样的神情和声音，收回一直被昴视为强大动力、支撑着昴的那番话语……

“我就是雷姆的英雄。”

没错，无论什么时候都要昂首挺胸，这才是菜月昴的看家本领。

“稍微恢复干劲了？”

听了昴的决心，阿尔的声音也变得柔和起来。“嗯。”昴回答道，几乎在零距离的状态下仰视阿尔。

“已经好多了……不过，走开啦，退后点。谁想要这种壁咚啊！”

“说的也是！毕竟兄弟是女扮男装，我是没了一只手的奔四大叔嘛。”

阿尔开怀大笑，抽回按在墙壁上的手并往后退。

随着视野变宽，昴感觉自己不再着眼于眼前事物，眼界也变得更加开阔。

——说实话，只靠阿尔的话语和鼓励，昴根本无法完全从失落中走出来。

要是和雷姆见面，昴肯定会双腿发抖，还会忍不住观察她的脸色，生怕她又会说出那番话。

还有“死亡回归”这个权能的使用目的是什么，又能用到哪种地步呢？答案无从得知。

不过，有一点他非常清楚。

“英雄幻想”必须由菜月昴背负，而菜月昴拥有的傲慢权能正是为了实现前者不可或缺的一部分。哪怕他以后也会一直为如何使用权能而迷惘。

“啊——对了，兄弟，我想问你一件事。”

昴低头看着自己的双手，已经重新振作起来。这时，阿尔突然开口。刚刚明明毫不客气，事到如今却欲言又止，对方的态度转变之快让昴不禁错愕。

“你现在才知道客气啊？有什么想问的尽管问吧。”

“那么，我直接问了……那位叫雷姆的小姑娘，她到底站在哪边？”

阿尔歪着脑袋提问。现在才来问这个问题，他的反射弧也太长了吧。

话虽如此，听阿尔亲口提及，昴才意识到从来没跟他解释过雷姆的身份。

“兄弟把她带到帝国的偏僻地方，但她既不是半妖精小姑娘，也不是签订契约的小女孩。而且，你还把她当妻子，对吧？”

“这么说只是图个方便，她本人也很讨厌这个称呼。”

“可是，兄弟因为她的一句话就失魂落魄。这又是怎么回事？”

阿尔稍微压低了声音，十分严肃地问道。

为了回答他的问题，昴皱起眉头寻找记忆，最后确认阿尔和雷姆没有见过面——至少在当前时间轴上没有。

而且他也没有在阿尔面前提及雷姆。他对雷姆一无所知也很正常。然而，昴莫名地觉得有点不对劲。

原因应该是阿尔提问的态度。

昴看不到他的表情，但能感受到蕴含着视线里的热度。

在昴看来，那是认真和紧迫感的表现。包括先前的交谈在内，昴对阿尔这位唯一同胞的印象在短时间内发生了变化。

“雷姆是我的……是我们的伙伴。只是遭到了大罪司教‘暴食’伤害，没人记得她，连她自己都不记得自己了。”

“是这么一回事。原来如此，原来如此，那就合情合理了。”

“合情合理？”

昴浅显易懂地讲述事实后，阿尔用手抵住下巴，连连点头。

昴对他的回答表示不解，他则“啊啊”两声，接着说道：

“有些事让我耿耿于怀……我应该不认识她，但她又很像我认识的人。这些事让我如鲠在喉，一直很在意。”

“不认识却像认识……你说的是拉姆吗？”

“嗯，没错。”

意料之外的交集突然出现，阿尔兴奋地抬高声音，昴则感到惊讶。

如此一来，昴总算能理解阿尔的态度了。

拉姆和雷姆是双胞胎，若其中一人失去记忆，爱蜜莉雅阵营的全体成员都会是这种反应，昴深有体会。

不谈性格和气质，拉姆和雷姆这对双胞胎真的很像——不，昴最近时常觉得两姐妹的气质也出奇地相似。

如果认识拉姆，那么看到和她长得一模一样的雷姆，会一头雾水也很正常。

"话说回来，我还是第一次听说你认识拉姆。"

"也不是很熟，只是有点缘分而已。不过，这样一来我大概搞清楚了——她们是双胞胎姐妹吧？所以，你想让二人重逢。"

"对，就是这样。"

当务之急是让拉姆和雷姆重逢。

然后再让爱蜜莉雅阵营的成员迎接雷姆，把她带回属于她的地方，这是昴最大的目标。为此，必须重获雷姆的信任。

无论如何，一定要让她再次相信自己，让她回握自己的手。

"好，我明白了。我会协助你，兄弟。"

重新认清自己最大的目标，昴握紧拳头。阿尔一边消化理解昴告知的情报，一边点头说道。

"咦？"听他这么说，昴傻了眼。

"兄弟，你这声音是傻子的反应吧？"

"要你管！别说这个了，你刚刚说什么来着？协助？谁协助谁？"

"我协助兄弟啊。哎，虽然免不了被公主说教一番，但船到桥头自然直。不管怎样，我已经决定要助你一臂之力了。话说回来，我真的只能用'一条手臂'来帮助你就是了。"

"这笑话一点都不好笑。"

见对方拳拳盛意，昴也不好意思推搪，同时也感到困惑。

这也难怪。昴不知道到底是什么触动了阿尔，才让阿尔产生协助的念头。

“因为你认识拉姆，所以才想帮助我吗？”

“才不是。我想帮助的是兄弟你——反正，兄弟要当英雄，那位小姑娘肯定在你心中占了一席之地吧？所以我要帮忙。”

“我也不是非要当英雄……”

“你一定要成为英雄，菜月昴。”

昴的话被阿尔打断，丝毫不给昴反驳的余地。

平静而强有力的话语，其中蕴含的热量灼烧着昴的内心。

“逗你玩的。”

然而，那股强烈的热量又因为阿尔的玩笑话烟消云散。

阿尔变化无常的态度把昴耍得团团转，当事人摆摆手，连连道歉：

“抱歉抱歉。不过，兄弟，你要抱着这种气魄行动。或多或少地虚张声势，断绝自己的后路。只有这样，我和兄弟这种懒人才会绷紧神经向前冲。”

阿尔边说边转身，不紧不慢地向前迈步。

“阿尔，你刚刚的话……”

“哎呀，闲聊就到此结束吧。总之，我想起来了，我是来叫兄弟回会议室的。这下公主肯定会把我骂得狗血淋头了。好了，赶紧走吧。以后还有很多机会闲聊。”

阿尔只转过头跟昴说话，他耸耸肩，摆出准备小跑的架势。看他用行动催促自己，昴只好先把顾虑放在一边。

刚刚阿尔那番话，昴不知道要相信到哪种程度。

然而，对方直接扬言“我来协助你”，在很大程度上给予了昴积极的力量。

就算硬着头皮，昴也必须前进。

一定要挺起胸膛，挺直腰背，大步流星地向前迈步。

因为——

“我是雷姆的……”

——英雄。昴已经不能凭借这句话肯定自我了。

“‘英雄幻想’吗……”

玩笑过后，阿尔一溜小跑，铁头盔里响起小声呢喃。

他用只有自己听到的音量自言自语，然后闭上眼睛。

他就这样合起双眼，然后让声音仿佛在眼皮下方的黑暗中回响——

“一定要成为英雄啊，兄弟——不，菜月昴。”

2

“带回一名凡夫，到底要花多少时间？你以为你的时间价值能和妾身的相提并论吗？”

“不敢。我不是已经跟您道歉了吗……”

迎上主人冷冰冰的视线，阿尔老实地低头道歉。

带着昴回到会议室后，等待阿尔的正是前述的呵责。

本来只是让他去把人叫回来，没想到聊天聊到忘记时间，也难怪普莉希拉会生气。

虽然是情理之中，但多亏了阿尔，自己才打起精神，昴不忍心看到阿尔被骂。

“普莉希拉，不要太迁怒阿尔。错的不是他，是我。”

“哼。八成是怀抱着无聊烦恼的两个小丑互相安慰吧。看你额头发红，是撞到墙壁了吗？”

“你该不会有‘千里眼’吧？猜得准过头了，好吓人。”

普莉希拉仿佛亲眼看见一切似的准确描述，一句话就让试图为阿尔说话的昴缄口无言。

带铁头盔的男子壁咚穿女装的男子。这种场面应该很罕见，不过普莉希拉的洞察力让人不自觉地颤抖。

暂且不论这些……

“需要你在场才能下结论。毕竟，你可是亚伯的军师。”

普莉希拉用揶揄的眼神看昴，昴则看向亚伯。亚伯依然抱着手臂坐在圆桌旁，以沉默回应昴的视线。

亚伯说昴是军师只是权宜措辞，但既然已经用这话当面反驳普莉希拉，昴推断这番话已经不能随便撤回了。

“行动前不考虑前因后果，结果陷入两难局面。没想到你居然是这种人。”

“你才应该注意发言的质量。不管多么优秀的策略，若遣词失当，上策也可能变成下策。”

“明明后悔让我当军师，却又把责任推卸到我身上……”

听了亚伯厚脸皮的回答，昴皱起脸，深深地叹气。然后，昴再次环视会议室内的众人——亚伯、普莉希拉、迪克尔，还有塔里塔，她刚继承族长之位，一脸不安。

“那么，下不了结论，是指和普莉希拉的合作体制吗？刚刚是说到普莉希拉需要合作者吧？”

“你的脑袋似乎能跟上对话进度。当然，就是那件事——还记得吧，得到‘九神将’人数较多的一方获胜。”

“记得。刚才说到‘壹’不但帮不上忙，还会碍手碍脚。”

若不拉拢他，万一他成为刺客便束手无策；若拉拢他，我方优势也不会因此而扩大。他就是模拟游戏里面的麻烦角色。

作为同伴是鸡肋，落入敌阵却会变成剧毒。

“话虽如此，这是胜利的最终条件。和普莉希拉——和合作者的支持无关，对吧？”

“呵。”

昴出色地总结话题后，普莉希拉微微颤动喉咙表示认可。

瞬间，普莉希拉的红色眼眸里闪过好奇色彩。她似乎对昴产生兴趣，看向阿尔后轻轻一笑。

“这是小丑间对话的成果吗？没想到你居然会亲近别人，太反常了，阿尔。”

“喂喂，我可是好脾气的谦谦君子，怎么能说我温柔待人就是态度反常呢，公主。”

被普莉希拉揶揄，阿尔耸耸肩回答。

她说那是小丑间的对话，普莉希拉还是一如既往地擅长看透事物本质。二人的对话给昴带来的影响，她似乎也一如既往地精准把握了。

三人交谈之际，亚伯敲了敲圆桌让大家集中注意力。

“是时候言归正传了。现在必须得出结论……今后，普莉希拉要如何和我方合作。”

“啊，抱歉。我这个军师总是跑题。”

被昴的冷嘲热讽回击，亚伯不悦地眯起眼睛，昴则吐吐舌头不予理睬。然后，昴再次转向普莉希拉，催促她继续刚刚的话题。

“那么，要怎么办？不管有没有普莉希拉作为合作者提供支援，亚伯攻入帝都的策略都不会改变……”

“无论有没有公主的支援，攻入帝都的力度都不会改变。”

“同为小丑，意气相投真不错。总之，你们的观点正确。因此，为了判断是否协助你们……协助亚伯，妾身决定增加条件。”

“条件？”

“很简单——让一名‘九神将’成为你们的同伴。”

昴皱眉，普莉希拉则若无其事地提出条件。

听到对方提出的条件，昴念念有词：“‘九神将’……”

昴认为这个条件不是无理的要求。

如果要为了夺回帝位而开战，获得较多的“九神将”本来就是前提条件。而普莉希拉要求的就是达成前提条件的第一步。

不如说，为了满足获胜所需的前提条件，这不是很妙的要求吗？

“真是让人兴奋的条件，对吧？”

“这是当然。既然现在不知道哥兹的安危，就意味着没有‘九神将’会无条件服从我，也不会有那种故意加入必败之战的怪人。”

“要是没有任何胜算，就不会有人加入吧。”

亚伯讲述悲惨现状，昴也苦着脸眉头深锁。

亚伯悲哀的自我认知——既然皇帝的威信不适用于“九神将”，那么普莉希拉作为合作者的支援可谓梦寐以求。

不如说，我方正想利用她们的大名作为和“九神将”谈判的筹码。

“事先声明，不要期望妾身慈悲为怀。虽然妾身也有宽容之心，但不会施舍乞丐。”

普莉希拉托着下巴，轻描淡写地践踏我方的些微期待。

昴早就知道她既不好说话，也不温柔了。但那双红色瞳孔似乎在冷酷地把昴等人贬得一文不值：要是不能达成最起码的条件，就给我退下。

“恕我冒昧，陛下，我认为这个时候还是要拜托塞西鲁斯一将吧？”

“迪克尔先生，有胜算吗？”

眼看沉甸甸的沉默即将降临，迪克尔的发言让昴看到希望的曙光。

然而，迪克尔摇摇头给昴期待的眼神泼了一盆冷水。

“没有。正如陛下刚刚所说，鉴于当前战力差异，但凡会理智思考的人都不会帮助我们。因此……”

“因此？”

“在下认为，或许可以拜托塞西鲁斯一将这种不会理智思考的人……”

“啊，原来迪克尔先生也认为他是个怪人。”

众人口中的塞西鲁斯似乎没有可取之处，连迪克尔也用“怪人”作为攻略他的理由，他不正常的形象肯定深入人心。既然是迟早要攻略的对象，那就先拉拢他，以满足普莉希拉提出的条件，也许这个方法行得通。

“问题是接触方法，知道他在哪里才能拉拢他。他平时住在哪里？”

“那人平时住在阿拉基亚位于帝都的家。”

“原来如此，阿拉基亚的……为什么？”

亚伯淡定地说完，昴慢了几秒才反应过来。

这个情报过于离谱，就连普莉希拉也不悦地蹙眉。

据昴所知，“壹”是塞西鲁斯，“贰”则是阿拉基亚——

“也就是说，塞西鲁斯和阿拉基亚是恋人关系，是这么回事吗？”

若真如此，昴一行人击退了阿拉基亚，对方对他们的印象肯定糟糕透顶。

昴一行人漂亮地一口气与“壹”和“贰”成为敌人。

然而，亚伯否定了昴的疑问。

“不，他们不是恋人。阿拉基亚要伺机杀死塞西鲁斯，但她每次出手，都会殃及周围，我不允许这样。所以，我对塞西鲁斯下了令。”

“下了什么命令？”

“要打就在阿拉基亚容易下手的地方打。”

“我该说一句‘原来如此’吗？”

就算听了亚伯的具体说明，昴也难以理解二人的关系。

放任自己手下的两名将军自相残杀，昴搞不懂这是一种什么精神，也搞不懂怎么会有人服从命令和盯上自己性命的人共处一室。

“话说回来，真亏他敢跟想杀自己的人住在一起……”

话音刚落，昴就感觉到自己说了奇怪的话。但遗憾的是，他也不知道为什么自己觉得这话不对劲。于是，他忽略了这个疑问。

“总之，塞西鲁斯在帝都……咦，你可以大摇大摆地进入帝都吗？”

“当然不行。照现状来看，我接近帝都就等同于主动接受火刑。而且也没有确凿证据证明塞西鲁斯那家伙就在帝都，不值得冒这个险。”

“那就走投无路了吧……”

说到佛拉基亚帝国的政治内幕，昴的知识完全派不上用场。

话虽如此，毕竟是迪克尔这名“将”的提议，在现在这种举步维艰的情况下已经算是可行性较高的方案了。如今遭到反对，说明亚伯面前只剩一片黑暗。

“明明不该在这种地方原地踏步……”

昴感觉胸腔突然被沉甸甸、黑沉沉的重物压住。

就像是微苦的沉淀物，是一种就算用头撞墙也无法驱散的无力感的聚合体，也像是被雷姆放弃后产生的后遗症一样。

正因为这个东西，昴才失去了雷姆的信任。

必须尽快清除这个沉淀物，恢复她对自己的信任。为此，哪怕一分一秒都不能浪费在原地踏步上。

“还有方法。”

然而，亚伯的一句话让咬牙切齿的昴放松下来。

昴条件反射般抬起头，看到他的反应，亚伯闭上一只眼睛。

“别再摆出让人厌烦的穷酸样，还有方法。”

“不好意思，不花钱的装扮最多只能化成我这个样子。颜值差异、贫富差距无关紧要吧。你说的方法是什么？”

“迪克尔的提议。我采纳其中一部分。”

“采纳提议的一部分？这是属下的荣幸，但那部分是……”

迪克尔皱起粗眉，听到自己的提议被采纳后感到困惑。

昴同样感到困惑。本来，迪克尔的提议就是拉拢“九神将”之“壹”塞西鲁斯，因为无法前往帝都，所以现在才走投无路。

“还是说，你有方法可以把塞西鲁斯叫出来……”

“没有这种好事。不过，迪克尔也曾说过吧——只要是不会用理智思考的人，就有可能。”

“呲！难道……陛下，这样很危险！请您三思!!”

“咦？咦？咦？”

亚伯面不改色地说完后，迪克尔脸色大变，连忙劝他三思。

见迪克尔反应如此强烈，昴感到十分诧异。

迪克尔听了亚伯的话后似乎有头绪，但昴完全蒙在鼓里。按照对话的走向，亚伯似乎是要去找脑袋有问题的人谈话——

“难道还存在脑袋比没有人缘的塞西鲁斯一将更有问题的人吗？”

“我没说他脑袋有问题！不过，那位大人太危险了！”

“可是，爆炸头将军，从对话走向判断，那位也是‘九神将’之一吧？要是连他也排除掉，我们还能指望谁？现在轮不到我们挑三拣四了吧？”

“您说的……也有道理……”

被昴和阿尔左右夹攻，迪克尔露出为难的神情，沉默不语。

感觉好像做了坏事似的。不过话说回来，那个人让迪克尔如此烦恼，竟然还要让对方担任重要职位，亚伯的人事安排也有不妥之处吧？

完全以能力高低作为录用标准，无视人品好坏，就会衍生出悲剧。眼前便是活生生的例子。

“虽然可怕，但我还是很想知道，让迪克尔先生饱受折磨的人到底是何方神圣？”

“这话听起来够蠢的，不过按你的问法回答，对方就是以魔都卡欧斯福莱姆为据点的‘九神将’——尤尔娜·米西格雷。”

“尤尔娜·米西格雷……”

昴没听过都市的名字，却对这个人名有印象。

是之前讲过的“九神将”之一，她的绰号是——

“‘极彩色’吗？我记得对方的绰号好像是这个。”

“了不起，兄弟。只听一次就记住了。”

“因为我喜欢记漫画里干部级别角色的绰号。话说回来，这个叫尤尔娜的人就是迪克尔先生说的……”

昴边说边看向迪克尔，顿时语塞。

只见迪克尔脸色发青，用双手捂住脸。

“‘九神将’之‘柒’，尤尔娜·米西格雷一将……”

“那家伙有这么危险吗？听起来应该是女性的名字吧……”

如果昴的直觉命中，那么以“好色”闻名，连对男扮女装的昴都不失绅士礼仪的迪克尔，也害怕这位女性。

到底会蹦出怎样的狠角色，根本无法想象——

“她是一位美人。这一点不仅是我，相信所有人都会同意。不过，尤尔娜一将有点……不，她的问题不止一点。”

“那个，先说说是什么问题吧。”

“她想谋反。”

“啊？”

迪克尔话音刚落，昴和阿尔便异口同声地惊叫道。

昴目瞪口呆，怀疑自己听错了。只可惜迪克尔依然用手捂住脸，继续颤抖着说：

“尤尔娜·米西格雷一将，曾多次发动谋反，对文森特·佛拉基亚皇帝的统治造成威胁，骨子里就是叛乱分子。”

“怎么能让那种家伙当将军啊!!”

昴的怒吼又一次响彻会议室。

3

“似乎已经得出结论了。”

在得知前所未闻的“九神将”情报，以及昴发出怒吼后，过了一会儿，普莉希拉判断众人已达成共识，于是她“唰”一声打开扇子。

站在昴的角度，说实话，他对这个结论有所保留，然而——

“没有其他办法了。按照目前情况，有机会站在我们这边的‘九神将’只有尤尔娜·米西格雷。”

“说到底，是你得罪人，别人才会谋反吧……”

“不是的，其实谋反的原因不能一概而论……而如果要推测那位大人的想法，至少我等办不到。”

“既然迪克尔先生说到这份上了，我也不好再说什么了……”

值得信赖的迪克尔如此说道，昴也只好将疑惑放在一边。

而听到昴回答的亚伯却不愉快地嗤之以鼻。

“这么轻易就接受迪克尔的意见，你是什么意思？”

“就算是同样的意见，说话人也很重要吧。难道你认为在我心中，你比迪克尔先生更值得信赖吗？”

“原来如此，不过，如果迪克尔死了会怎样？”

“就算只是假设我也要让你以命偿命！”

亚伯口出狂言，昴也不留情地骂了他一顿。

言归正传——

“蠢话就到此为止吧。那个卡欧斯福莱姆……是这个名字吧？那个地方在哪里？距离瓜拉尔远吗？”

“地理位置不远。这点也是适合作为下个目的地的理由之一。位于这里的东南方向……就在巴德哈姆密林的南方。”

“原来如此，的确是这样……”

在桌上地图标出位置后，昴也接受了亚伯的说明。

卡欧斯福莱姆位于“修德拉格之民”生活的原始森林的南面——比密林到瓜拉尔的距离更远，但昴觉得这个地方远比帝都和更偏远的西方地带更容易到达。

“还有就是，为什么称呼那里为魔都？”

“放心吧，凡夫。不是能让你吓破胆的原因。那片土地，从古至今都是多种族混居的都市。与卢克尼卡相比，自古以来生活在佛拉基亚的种族更多。而生活在卡欧斯福莱姆的种族尤其复杂多样。”

“各种各样的人种大熔炉……所以才被称为魔都吗？”

这么说来，能被称为“混沌”的城市，名称里都含有“卡欧斯”（**注：“混沌”在希腊语里发音是“卡欧斯”**），这一点也值得深思。

不过，既然这里是异世界，应该只是偶然事件。

“前往魔都，让‘九神将’之‘柒’加入我方。如果到时实现了，你也会敞开心扉……我说的没错吧，普莉希拉？”

“这样也无妨。毕竟妾身一向宽宏大量，不会反悔及提出追加条件。”

“我记得你刚刚说过自己没有宽容之心……不，没什么。”

被普莉希拉狠狠瞪眼，昴马上撤回多余的发言。

就这样，正当决定好我方行动方针之际——

“亚伯，请务必让我一同前往，可以吗？”

“塔里塔小姐？”

突然，塔里塔起身，恳求亚伯。

塔里塔虽然以修德拉格代表的身份列席，可整场会议她都不发一语。见她突然恳求自己，亚伯眯起黑色眼眸。

“你想怎样？你姐姐应该把修德拉格族长之位传给你了。这和你是否有自信无关，是不可动摇的事实。”

“我……我明白。阿姊让位给我，我无法拒绝……但是，现在的我，没有能力带领修德拉格……”

塔里塔低下头，咬紧嘴唇。

她紧紧握住空无一物的手。她内心的不安，昴感同身受。

突然展开族长交替仪式，塔里塔被迫背上族长重担，她不知道自己是否有能力胜任这个职位。

她很需要一个认可自己的契机，也就是成功的经验。

而昴现在想要的东西，从根本上来说就和她所需的一模一样。

“亚伯，我赞成。即使继承了米杰尔达小姐的族长之位，如果一直被那种情绪困扰，塔里塔小姐就不能发挥自己的实力……我是这么想的……而且，路上也需要能保护我们的同伴吧？塔里塔小姐的实力我们都心里有数。毕竟是一起穿女装……一起潜入都市的同伴。”

“夏美……”

虽然中途换了表达方式，但昴想说的就是这些。

看到昴帮自己说话，塔里塔一副深受感动的样子。昴明白她为此费尽心神，所以希望能帮帮她。

“如果你不在，修德拉格怎么办？”

“这段时间会暂时让阿姊代为处理日常事务。库娜和保莉也会尽心尽力辅助阿姊。为了保护瓜拉尔，不能调动大量人手。”

“刚刚你一直保持沉默，原来在考虑这些吗？”

听了塔里塔条理清晰的回答，亚伯赞赏她的深思熟虑。接着，亚伯用手指轻轻敲打自己的太阳穴。

“这次只有少数人前往卡欧斯福莱姆。当然，既然要和尤尔娜·米西格雷见面，我一定要到场。不过，这次不是强攻。”

“能带去的只有护卫……”

“加上你和塔里塔。还有——”

“我听说了!!”

亚伯话音还未落，门就被用力推开，一道人影气势汹汹地闯了进来。

毫不畏惧地做出打断皇帝发言这种失礼行为，厚脸皮地称呼皇帝为新朋友的善良商人——弗洛普·奥康奈尔再次登场。

弗洛普喘着粗气，室内众人的目光都聚集在他身上。

“塔里塔小姐，看到你自告奋勇地参与危险任务，在下深受感动！在突如其来的危险任务中发挥自己的力量……我认为非常了不起！”

“谢……谢谢，弗洛普……”

“为了保护你和村长先生旅途安全，我有一个提议——最好带上我妹妹米蒂安！”

弗洛普竖起手指，斩钉截铁地说道。

昴差点被他的气势压倒，几乎下意识点头同意。冷静转念一想，这个提议显得很突兀。

“原……原因是？”

“嗯嗯，有疑问对吧？那现在就让我来列举推荐米蒂安的理由吧！首先是本领高强，然后是为人可爱，还有口齿伶俐！”

“口齿伶俐……”

“她性格开朗，说话干脆利落，所以旅途中和她聊天一定很愉快。因为不怕生，她和每个人都能友好相处。怎么样，是个不可多得的人才吧？”

弗洛普露出雪白牙齿，对妹妹赞不绝口。不过他充满自信的推荐理由中，有三分之二都是米蒂安讨人喜欢的特质，因此真正有吸引力的卖点只有“本领高强”。

事实上，她这个卖点确实会派上用场，昴也亲自确认过，可是……

“可是，你和米蒂安小姐商量过这件事了吗？”

“没有，还没跟她说！不过，接下来去跟她说就行了！”

“真的没关系吗……”

这又不是去旅行或者游玩。

把人扔到可能会赔上性命的战场，之后再商量也于事无补吧？要是因此伤害到兄妹二人的感情，昴也会感到过意不去。

不过，对方是那对奥康奈尔兄妹，昴能轻易想象他们笑着接受的画面。

“如果米蒂安小姐说OK，亚伯，你会同意吗？”

“我见识过她的非凡身手。如果能完成任务，我不会反对。”

“你不用担心这方面！基本上，我妹妹会全力以赴完成被分配到的任务！不过要是没被吩咐，她就会忽略，所以要注意。哈，哈，哈！”

话毕，弗洛普叉腰，开怀大笑。

从他的口吻和亚伯的态度可以得知——这次，弗洛普没有加入前往卡欧斯福莱姆的队伍中。

“其实米蒂安小姐也一样，两位不必一起冒这个险。”

“别说傻话了，老板。我有目标，必须完成复仇。”

“啊……”

弗洛普说出这个带着危险气息的词语，不过他绝对没有危险的想法。昴知道，那是连开朗的弗洛普也无法原谅，面向不讲道理的世界的愤怒。

在这个世界里，昴对弗洛普的善良品性没有任何怀疑——因为这正是昴信赖他，和他并肩走到现在的理由。

“我妹妹也一样。我和妹妹的目的，还有前进的道路都一样。如果现在抛弃了你、夫人和村长先生，我们就再也无法挺起胸膛了。”

“我感动得都快哭了，差点迷上你了。”

“哈，哈，哈，穿女装的老板对我说这话，我会高兴得晕倒在地。只是这样对不起夫人，不能这样。不过，你的心意我收下了！”

连拒绝人的样子也这么帅气，昴佩服得五体投地。

米蒂安应该会爽快地答应弗洛普吧。也就是说，前往卡欧斯福莱姆的其中一名同伴就决定是米蒂安了。

“塔里塔小姐，请多关照我妹妹。别担心，你跟我处得来，一定也跟我妹妹处得来。”

“好……好的……那个，你也要多保重……”

“嗯？对啊。我会和迪克尔先生，还有修德拉格的大家一起努力！”

与忸忸怩怩地低头说话的塔里塔相反，弗洛普自信地拍了拍胸脯。

斜眼看了看让人欣慰的这一幕，昴清了清嗓子说道：

“顺带一提，我……”

“很遗憾，你已经是其中一个谈判筹码。既然必须让尤尔娜·米西格雷加入我方，没有你怎么成事。”

“每句话听着都让人不爽，还有我什么时候成了谈判筹码？”

“攻陷瓜拉尔时采用的是你的策略。过不了多久，这个消息就会传遍大街小巷。我一开始就是朝着这个方向安排的。”

“什么？”

昴不明白亚伯这话的意思，目瞪口呆。

将攻陷城郭都市的成果归功于昴，并刻意传播出去，他的意图到底是什么？

基本上，昴的人生就是从被轻视开始的。

“除了亚伯之外还有人才——必须让别人有这种想法。”

普莉希拉简明扼要地回答了昴的问题。

听到她这么说，昴也逐渐理解了。

“当然，不止凡夫。包括巴德哈姆密林里的‘修德拉格之民’、城郭都市瓜拉尔的守备部队，以及迪克尔·奥斯曼二将，都是谈判筹码。不过，最重要的是……”

“在攻陷都市时贡献最大的军师……我说过吧，在帝国，强者受尊崇。这个信条不仅适用于武力，在智谋方面也一样。”

因此，菜月昴有价值，亚伯和普莉希拉为他打了包票。

说实话，回想起瓜拉尔的战果，这个评价让昴的心情极其复杂。

无论别人对昴的评价有多高，他失去了雷姆的信任是铁铮铮的事实。自己在帝国的名声什么的，与雷姆的信任相比简直微不足道。只是……

“要是我能帮上忙就最好不过了。好好利用吧。相对地……”

“相对地？”

“你一定要夺回皇帝的宝座，然后，让我们平安回家。”

只有这一点绝对不能让步，昴坚定地发言。

听到这话，亚伯微微睁大眼睛，然后长舒一口气。

“不用你说我也知道。那正是我该做的事情。”

他如此回答。

4

——物尽其用，让亚伯夺回佛拉基亚皇帝的宝座。

城郭都市瓜拉尔自不必说，将“修德拉格之民”、迪克尔·奥斯曼二将，还有菜月昴的功绩，汇聚成武器。

带着这些武器装备，前往下一个目的地——魔都卡欧斯福莱姆。

“如果是少数精英前往，还有谁要加入？现在有我、亚伯，还有塔里塔小姐和米蒂安小姐四人……”

“关于这件事，可以加我一个吗？”

“阿尔？”

在讨论远征队伍的最终成员时，阿尔突然插嘴，举起独臂的他顺势挠了挠后颈。

“公主，缰绳可以松一下吗？我想和兄弟一起去。”

“呜欸?!”

“喂喂，你怎么怪叫啊，兄弟。有那么意外吗？”

听到意想不到的提议，昴惊讶得连声音都变了，阿尔不禁苦笑。然而，即使阿尔若无其事地说这话，昴也无法轻易点头说一句“是啊”。

“为……为什么又这么……”

“没有为什么，我不是说过吗，我要协助兄弟。别看我是个落魄大叔，到时总会派上用场的。”

“我还以为你只是随口一说。”

阿尔耸了耸强壮的肩膀回答，昴回想起会议前和他的对话，没想到他真的遵守了当时的承诺。

昴被他鼓励是事实，他的话让昴得到勇气也是事实，昴获得了前进动力更是事实。

然而，昴没想到他那句“我会协助你”是认真的。

“嘿，不要发呆。我的提议让你这么感动吗？”

“不，一开始确实被吓到了，但缓过来后，我想起以前从来没听说过你身手有多好，再加上我和亚伯，男女的战斗力差距不是一般的大。”

“抱歉，让你白期待了，我比那边的亚马孙族小姐姐实力要弱很多！”

阿尔干脆地指向塔里塔，坦荡地承认没出息的事实。

事实上，塔里塔的能力在“修德拉格之民”之中属于佼佼者，然而昴在目睹与“九神将”的战斗后，感觉不可靠的战斗力增强了。

无论如何——

“不过，听到这番话我很高兴，你的心意我收下了。”

“哎，别跟我客气啦，兄弟……咦，只收下心意吗？我该不会被郑重拒绝了吧？就是类似‘这次与你无缘’那种婉拒说法？”

阿尔不断对昴的回答提出疑问，他的理解是对的。

他主动提出加入队伍，昴当然觉得高兴，但这里是佛拉基亚帝国。本来就已经把弗洛普和米蒂安牵涉进来了，如果再顺势让阿尔参战……

“阿尔。”

“是，公主。”

就在昴下结论时，身旁突然有一个悦耳的声音呼唤阿尔。

毋庸置疑，声音的主人就是落落大方地端坐在圆桌旁的普莉希拉·跋利耶尔。她眯起红眼睛看向亚伯，看不出她的眼神里藏着什么感情。

阿尔是她的随从，却擅自表明了接下来的行动意愿。

“当初提出要与妾身一同前往城郭都市的人是你。现在你竟然要把妾身置之不理，和小丑同伴一同出去游玩？”

“虽然我不觉得能用游玩的心情踏上这趟旅途，不过我正是打算这么做。还是说，我不在的话，公主会觉得寂寞？如果公主用拥抱挽留我……”

“蠢材。”

“我想也是……”

阿尔的耍贫嘴被打断，他一副没抱太大期望的模样低着头。

普莉希拉隔着头盔瞪向阿尔的头顶，轻轻地叹气。

“去好好表现吧。”

“嗯，我会的。公主才是，就算我和小修尔特不在身边，也要注意保养身体。公主的美貌，是世界的美貌。”

“用不着你提醒。你以为妾身是谁。”

“当然是世界的中心，我的公主殿下，普莉希拉·跋利耶尔。”

以风趣的语气说完夸张的台词后，阿尔在普莉希拉面前轻浮地鞠了一躬，然后转过身来朝昴举手，说道：“请多关照啊。”

“咦，刚刚这流程就是最终决定了？不听我们的意见吗?!”

“什么啊，你好像很嫌弃我，我会受打击的。还是说，我身上其实有股老人味，只是我自己没有发现？所以跟我待在一起会很不自在？”

“不是这个意思。我要说的不是这个，是想说决定权为什么在你们手上……”

“不，你当然有拒绝的权利，但你敢拒绝吗？这可是公主的决定哟？”

阿尔抬了抬下巴，示意昴看向以扇子半遮脸的普莉希拉。

她堂堂正正的举止，正是阿尔那句话的压倒性根据。推翻普莉希拉的决定，那是多么可怕的事情。

话虽如此，如果让阿尔加入会增加未来的隐忧，那当然得拒绝吧。

“——无所谓。如果有必要就跟来吧。”

“亚伯，你不是让我当军师吗？”

然而，正当昴打算向普莉希拉提出异议时，却遭到亚伯的“背叛”。这和之前听说的雇用条件也差太远了吧。

“你都不听我的意见，我这个军师还有存在的必要吗？”

“别得意忘形。如果是值得倾听的意见，我会听。不过，事务的决定权在我手里。我不会把这个权利交给你。”

“哼，原来你是会剽窃下属工作成果那种惹人厌的上司吗……”

“不要让我反复强调。成果归你。必须归你。”

——被赶下皇位的皇帝，身边有一名不容小看的智者。

亚伯希望昴得到这样的评价。为此，亚伯不介意把功劳让给昴，也不排斥做一些夸张的事情。亚伯想表达的就是这个意思吧。

可是，这和反复用虚构的东西掩盖另一个虚构的东西又有什么区别？

“赝品可不行啊。必须有货真价实的实力，才能取回失去的东西。”

“那就让我看看你的本事，由你亲自来获得我以及旁人的认同。在你有能力做到之前，不过是痴心妄想的愚昧狂妄之辞。”

“你这……混账东西，给我走着瞧。无论是什么不良债权，我都会好好利用。”

昴使劲咬紧牙根，盯着亚伯冷酷的黑瞳回答。

即使跨越了一道难关，二人关系依然水火不容。这不是因为王国和帝国风土人情的差异，也许是因为有更深的隔阂挡在二人之间。

昴和亚伯迟早会在关键性问题上产生分歧，到时昴会……

“他说的不良债权，该不会是在说我吧，公主？”

“蠢材。”

不顾昴暗自感慨，普莉希拉简短地敷衍失落的阿尔。

5

——决定好前往魔都卡欧斯福莱姆的成员后，情况发生了变化。

“在我回来之前，先把城郭都市的兵力聚集起来。我很快会公告天下。”

“属下定会全力以赴，鞠躬尽瘁。”

亚伯下达命令后，迪克尔单膝跪地恭敬领命。

迪克尔大概没有想过自己有朝一日会与强大的帝国为敌。他本人当然对亚伯忠心耿耿，但不见得所有都市士兵都和他抱着同样想法。

统一军队思想，组建一支军队，“将”的努力不可或缺。

从这个意义上来说，迪克尔的出现是意外收获。

“我由衷地感谢您。是您提出‘无血开城’战略，让陛下同意执行这个战略。托您的福，我和其他参谋官才能在不流血的状态下加入你们。请您务必完成自己的任务，夏美小姐。”

临别之际，迪克尔称赞昴的功绩。

昴没有自信能妥善回应他这番话，但自己觉得心中有愧的那些成果现在得到了迪克尔的赞赏，当初能让迪克尔活下来，可以算是实实在在的成果吧。

还有就是——

“你真的要去吗……抱歉，说了奇怪的话，请你忘记吧。”

看到低着头满脸写着疲倦的雷姆，昴感觉有点透不过气。

雷姆拄着拐杖，站在都市厅舍入口。她没有穿着旅行服装，而是一身轻便的服装，方便她以治愈术师的身份来回奔走，为伤者治疗——雷姆要留在瓜拉尔。

而昴将要前往卡欧斯福莱姆，二人将暂时分头行动。

离别之际，雷姆前来送行，她的话让昴不禁苦笑。即使知道她的话是出于好心，昴还是无法按她说的做。

“虽然不全是好事，不过每次你叫我忘记什么事情时，都让我很痛苦。”

“啊，我不是这个意思……”

“无论是被勒住脖子还是被折断手指，只要是和你一起经历的，对我来说都是无可替代的珍贵回忆。”

“什么？”

昴只是觉得被偶然轰飞到佛拉基亚后，经历了太多充满冲

击性的事件。他完全没有指桑骂槐的意思，但还是遭到雷姆投来冰冷视线。

当然，与雷姆并肩前行的经历，被她主动关心等经历，这些充满希望与喜悦的回忆，也在昴的心中占据很大分量。

虽然最痛苦的回忆，也藏在同一个地方。

“一点紧张感都没有……真的没问题吗？”

“精神一直绷紧会很累……你问我有没有问题，那自然是有很多在意的地方。如果可以，我想一直待在你身边。”

“哈。”

“好敷衍的回答！不，没被你无视也算不错了……”

虽然雷姆爱理不理的态度让昴很受伤，但昴对雷姆说的都是由衷之言。

把雷姆留在瓜拉尔这个决定，是直到最后——不，就算是现在，昴依然在苦恼挣扎。

如果接下来能一直在伸手可及的范围内保护雷姆免受苦难和火星伤害，能让她远离一切厄运，那该有多好。

“不瞒你说，如果可以，我其实想用一条不可分割的绳子把我和你绑在一起。”

“你这话是认真的吗……”

“挺认真的。”

她终于连“哈”这个反应都不给昴了。

当然，昴知道说出口就会被拒绝，他说出这个提议前也做好了被拒绝的心理准备。若能用绳子把自己和雷姆绑在一起，随时确认她的安危，这样最好不过了。

根据不同情况，昴甚至不惜使用在普勒阿得斯监视塔觉醒的力量——

“不知道‘狮子心脏’到底好不好用……”

昴在普勒阿得斯监视塔发现的新权能“狮子心脏”——这是以昴为中心，能够大致掌握同伴位置和情况的能力。另外，若同伴不负重荷，昴还能承受他们的负担，让他们保持在最佳状态。

昴还想过，如果使用这种能力，或许就能承受雷姆双腿无法活动的负担，那她就能充满活力地奔跑于山野之间。

只是如此一来，如果雷姆跑到远离自己的地方，也会很困扰——

“你为什么突然一脸沮丧？”

“没什么，只是自我厌恶。”

被雷姆这么一质问，昴用手捂着自己萎靡的脸叹息。

昴曾经想过：正因为雷姆双腿不便，无法轻易逃离昴，二人的关系才得以维持。

他曾经觉得，雷姆身体状况不佳，对他来说是一种幸运。

“就是因为这样，雷姆才不信任我吧。”

昴总是只想着自己。

他想变得更温柔。想变成温柔、聪明、强大的人。在监视塔里重新审视了为大家而努力的自己，但这样还不够。

——雷姆信任的那个菜月昴，一去不复返了。

“那个……”

“对不起。不过，我很快就会回来。因为我无法忍受你不在我身边。”

“又说这种话。”

“嗯，这是我的真心话……如果你觉得不舒服，我会尽量减少说的次数。”

“但还是会说，对吧？”

见雷姆翻了一个白眼，昴耷拉着脑袋表示反省。

昴当然不想让雷姆不高兴，更不希望让她觉得不舒服。然而，昴无法抑制住内心对雷姆的强烈情感。

可惜的是，昴已经让雷姆失望，说再多的话也于事无补。

“你等我。我会好好加油，带着好消息回来。”

“好。我很期待亚伯先生、米蒂安小姐，以及塔里塔小姐的精彩表现。”

“不提阿尔就算了，为什么没有期待我？”

慎重起见，昴还是提出了这个问题，只是雷姆视线的温度没有变化。

不过，若听了答案，想必昴会露出非常难堪的表情吧。雷姆沉默了一阵后，像是投降一般，轻声吐气。

“如果问我信不信你，我只能说现在臭味已经减轻许多了。”

“这不是信不信我的问题吧……”

“虽然我对你渗出臭味的邪恶性仍然不习惯，不过问题不在那里。”

雷姆继续说着，浅蓝色的双眸依然闪烁着不信任的光芒。

接下来就要和她暂时分开了。她的不信任——就算知道是昴在瓜拉尔的失态造成的，昴还是希望能尽量消除。

这样做与其说是为了自己，不如说是为了留在都市里的雷姆心情能有所放松。

“告诉我，雷姆。我会尽自己所能，要怎样才能消除你内心的不安？”

“既然如此，为什么你还打扮成这个样子？”

“咦?!”

雷姆不屑地瞪眼说道，昴低头看自己身上的打扮。

黑色长假发，脸上涂了白粉盖住伤口，为了隐藏身材的松身服装，以及不会过分华丽的配饰——

“你觉得哪里奇怪吗……”

“就是因为不觉得，才是最奇怪的地方。都要离开城郭都市了，还打扮成这样就很奇怪。你要怎么解释这一点？”

“不是啊，我不是已经跟你解释过穿成这样是必须的吗！”

看到雷姆的视线温度下降，昴继续以夏美·施瓦兹的打扮发出哀号。

昴完全没有想过这身打扮居然是她不信任自己的其中一个原因，可是之前也跟她解释过了，这么打扮是有合理理由的。

“雷姆，我昨天也跟你说过，我们是邻国国民。如果我的真名被大家知道，就会有跨越国境的麻烦。所以，夏美·施瓦兹这个虚构的人物有其存在的必要……”

“哦，是吗？”

“你这回答不还是完全不相信我吗!!”

雷姆眼神中的不屑和冰冷依然未改，不如说对昴的不信任又加深了。

然而，这是昴衡量了现在的情况和被委托的任务，经过深思熟虑后得出的对策。

不能让“菜月昴”这个名字在佛拉基亚帝国为人熟知。

菜月昴已经是卢克尼卡王国的重要人物，他是爱蜜莉雅的骑士。也就是说，他现在做的事情就是真真正正的干涉邻国内政行为。

“尽管也谈不上是否真的干涉邻国内政……”

无论如何，重要的是昴的行为导致的后果，这一责任不仅牵涉到昴——简单来说，也许会给爱蜜莉雅添麻烦。

昴身为爱蜜莉雅的骑士，曾经发誓要辅助她成为国王，因此绝对不能做出拖她后腿的事情。

“所以，我才需要用夏美·施瓦兹这个假名。用这个名字，无论多出名也不会有麻烦。别人只会把夏美当成突然出现在佛拉基亚帝国的黑发美少女。”

“你的借口说完了吗？”

“还没有！还有，我估计……夏美·施瓦兹这个名字，有机会被身在卢克尼卡帝国的同伴们注意到。”

不如说，这才是昴将假名限定为“夏美·施瓦兹”的最大理由。

昴穿成女装，自称夏美·施瓦兹的行为，在他来佛拉基亚帝国之前已经有前科。在罗兹瓦尔府上的余兴节目——虽然也算不上，不过当时被迫穿过女装，结果除了爱蜜莉雅外，所有人都知道自己的真正身份。

当时他给自己取的假名，就和这次一样。换句话说，如果一切如亚伯所料，今后昴在帝国内获得知名度，那么“夏美·施瓦兹”这个名字就会街知巷闻，也许爱蜜莉雅他们就会知道昴和雷姆被轰飞到了帝国。因此——

“我打扮成这副样子，是迫于形势需要。”

“……我明白了。”

虽然停顿了很长时间，但雷姆总算理解，昴松了一口气。

总之，出于各种原因，昴现在需要暂时维持女装打扮。尽管昴不想拖太长时间导致雷姆对自己失去信赖，但也要视情况而定。

“雷姆，如果有烦恼，就去找弗洛普先生和迪克尔先生商量。如果是不方便跟男性开口的事情，还有米杰尔达小姐她们。不要一个人钻牛角尖。”

“尽管从你嘴里听到这话让我无法信服，不过我会听的……倒是你，请你不要给亚伯先生和米蒂安小姐他们添麻烦。”

“只需要注意不给后者添麻烦就行了。”

先不说米蒂安和塔里塔，昴可不打算对亚伯客气。偶尔也该让亚伯露出心急的表情，满头大汗地加入恶战苦斗。

就这样，交代完注意事项、进行道别后，出发的时刻也快到了。

昴抑制住依依不舍的心情，就在快要出发之际——

“雷姆，那家伙怎样了？”

“是说鲁伊吗？她现在应该和乌塔卡塔一起……”

“这样啊。”

“你该不会要我去叫她过来吧？”

雷姆降低音调，用试探性的眼神看昴。

从内容来看，她说这话是察觉到了昴的意图，不过语气并不愉悦。不如说，这是一种带着浓烈焦躁和苦涩感情的说法。

自从都市厅舍的攻防战以来，由于情况慌乱，昴基本没有与鲁伊接触的机会。但昴对鲁伊依然没有放松警惕。不如说，昴对她的疑虑不可能消失。

就算鲁伊和雷姆、乌塔卡塔亲近，和修德拉格她们相处融洽，昴也不确定她何时何地会暴露本性。

从这层意义上说，把鲁伊留下也让昴觉得不放心。

“我姑且提醒了库娜她们，让她们不要放松警惕。”

“真顽固……”

雷姆小声嘀咕，昴听到后稍微思考了一阵。

当初没有告诉雷姆鲁伊的本性和鲁伊危险的权能，是因为昴没有让雷姆相信自己的基础，贸然对她说只会失去她的信任。

然而，如果是现在又会怎样呢？

二人的关系得到改善，雷姆即便态度冷淡，也还是肯听自己说话的。如果是现在和她谈及鲁伊的本性，她应该不会不理不睬吧？

“不，还是别做傻事了。”

昴摇摇头，否定了隐约浮现在脑海里的想法。

也许她会相信自己，但就算相信了，也拿鲁伊没办法。

鲁伊至今不曾露出狐狸尾巴。就算告诉了雷姆，鲁伊也不一定会露出隐藏的本性。状况不会改变。

昴说出口倒是轻松了，但雷姆被告知后只会越来越担心，因此没必要做这种事情。

“你那是什么表情？”

“啊，我希望雷姆的人生里只会充满幸福的事情。”

“什么？”

昴忍住逐渐涌上心头的感情，雷姆看他的视线却变得严厉。

话说回来，要是再开口说话，想说的话就会没完没了——

“兄弟！我们该出发啦。”

阿尔说着，靠在马车上向昴挥手。

在他身后有一辆马车，还有一头外形像马匹的生物——疾风马，它的身体大到足以和车辆相提并论。一路上由它负责拉动马车。

“这种动物即便在佛拉基亚也很罕见，听说在军队中只会分配给‘将’……”

“是迪克尔先生借给我们的吧。这马还是母的，不愧是他。”

“不愧是他？”

雷姆歪着头，对昴的话表示不解。

就像这样，不管友好与否，雷姆至少会对昴的话做出反应。而昴也暂时要跟这种幸福的环境分别了。

“喂——兄弟？”

“喂，阿尔先生在叫你。”

“嗯，是啊。我听到了，但是……因为不想离开你，所以鞋底很难离开地面……好疼、好疼、好疼！”

背部被人用拐杖尖端戳刺，本来紧紧贴住的鞋底离开了地面。昴就这样被迫两步、三步地向前走，和雷姆拉开距离。

二人之间，正式拉开了距离。

“雷姆，虽然我说过很多次了……”

“我会小心。我会提高警惕。烦恼的时候会找人商量。再见。”

“呜呜……”

被敷衍道别后，昴耷拉肩膀垂头丧气。看到昴这副样子，雷姆深深叹气。

“真是的。路上小心，一路平安。我会等你回来。”

“啊……”

“我不会突然消失……除了你以外的人，我都相信。”

昴细细斟酌她那句补充的话语，然后不断点头，看着雷姆嫌弃地皱起眉头，说道：

“我走了！”

昴用力挥手，在雷姆的目送下踏上旅途。

6

渐行渐远的马车穿过城郭都市的正门，消失在远方。

马车的目的地是位于都市东南方的魔都卡欧斯福莱姆——帝国屈指可数的强者以那里为据点，此行的关键在于能否说服那位强者加入。

说实话，既然目的是要说服某人，带昴同行这一点就让人产生疑问。

“尽管大家都承认他很努力……”

雷姆拄着拐杖，眯细眼睛看渐渐消失在视野里的马车。

昴就连道别之际也要搞恶作剧，哪怕他列举了一堆借口，雷姆依然觉得他就是想继续穿女装。

当然，雷姆也不觉得他罗列的借口都是谎言。

“他们走了吗？热闹的家伙们都不在了，这个都市的通风情况也会稍微变好。就是不知道到时带回来的会是喜讯，还是亚伯的脑袋。”

“普莉希拉小姐。”

雷姆伫立了好一阵子，突然从她背后传来声音。

没等她回头，声音的主人就悠然自得地走到她身旁。来人是给人留下强烈鲜红印象的美女——身穿华丽礼服，毫不吝惜地展现暴力美貌的普莉希拉。

在阿拉基亚袭击都市厅舍时，普莉希拉拯救了包括雷姆在内的许多人。不过那之后，雷姆和她没有正式交谈过。

因此，被她突然搭话，雷姆感到非常困惑与不解。

“那个，谢谢你。”

“嗯？谢妾身什么？”

“昨天在都市厅舍那时候的事情。你从那名叫阿拉基亚的女性手中救了我。而且不只我，还有很多人，多亏了你……”

“你想说多亏了妾身，很多人才活下来吗？但从妾身的角度来说，这应该归功于你。是你将自己的才能付诸行动，拯救了许多濒死的人。妾身并没有展示那种慈悲的意图，不要擅自曲解妾身的行为。”

“我没有……”

那个意思——话还没说完，雷姆便反省自己。

贸然断定对方的想法和行动的意图，套用自身标准加以判断，这是自己的坏习惯。不仅是对普莉希拉，雷姆记得自己过去也犯过几次错误。

尽管自己失去了过去的记忆，现在只有两周的记忆。

“对不起。我同意你说的话。不过，我感谢你的事实，也不能被你曲解吧？”

“哦？”

普莉希拉兴致盎然地说着，从胸部中间拔出扇子，“唰”的一声打开，悄悄遮住形状姣好的嘴唇。

不过，没被遮住的双眸里闪着无法掩饰的愉悦和好奇光芒。

“听说你是失去了自我的姑娘……居然敢顶撞妾身。”

“失去自我这种说法不太准确。我只是想不起来，自我并没有消失。”

雷姆把手紧紧贴在自己胸膛上，向普莉希拉抗议道。

如果自我消失，那就和无人能触及的梦幻一样。

可是，雷姆失去的记忆并没有消失。哪怕不在雷姆的大脑里，也存在于拼命想将记忆夺回来的昴心中。

假如他说的是事实，那么自己似乎还有一个双胞胎姐姐。

那个姐姐还记得失忆之前的自己吗？昴所说的同伴、亲友，那些素未谋面的人，都还记得自己吗？

假设有关雷姆的一切全部消失，能在没有自己痕迹的地方重新开始，如果能这么干脆地切割——

“能把一切切割的话，我的心就不会痛了。我一直，随时随地，一分一秒，都被提醒着。每当被那个人看着时，我都在让他失望。”

当然，昴并没有那个意思吧。

有段时间他浑身包裹着浓重而刺激的恶臭，甚至让人难以看清他的面容——雷姆强忍着恶臭勉强看到他的表情时，会发现他总是非常拼命。

而那份拼命，只为了雷姆大脑里那个没有记忆、消失了的自己。

“多么自私啊。连我都对自己感到惊讶……”

因此，雷姆对觉得依依不舍的昴说不出“分开后她反而松了一口气”这种话。

还有，不只是松了一口气，还有自己这种丑陋的感情，也难以说出口。

“你叫什么名字？”

“咦？”

“你的名字。难道你在失去自我的同时，连名字也没有了吗？不过，也不是无名氏，妾身听到别人用名字呼唤过你。妾身记得是……”

普莉希拉轻轻抬起视线，在虚空中寻找答案。

她应该记得雷姆的名字。就算相处时间很短，雷姆也能感觉到她拥有超凡的才智。与此同时，雷姆也觉得她是一个坏心眼的人，因此——

“我是雷姆。”

在被人故意讲出错误的名字前，雷姆主动报上名字。

她失去了记忆，也没有恢复的征兆，还和认识过去自己的人分开了。但至少在有记忆的两周内，被人呼唤、自己承认的“名字”是真实的。

“有趣。”

听到这个答案，普莉希拉简短地小声说道。

接着，普莉希拉又“唰”一声合起扇子，用扇子前端轻轻抬起雷姆的下巴。从正面被红色瞳孔目不转睛地盯着，雷姆感觉喉咙被视线的热度灼烧。

然而，就算无法用语言表达，雷姆依然用坚定的眼神回望对方。

“雷姆，就把你暂且放在妾身身边吧。”

“放在……身边？”

“尽管具备素养和志向，但能力不足。还有那不成气候的治愈魔法，妾身也会适度矫正。如此一来，应该多少会有长进。”

“您会教我治愈术吗？”

“蠢货。妾身没有治愈术的素养，只不过具备审美眼光。妾身一眼就能看穿你的不足之处。”

虽然对方的回答让雷姆期待落空，但某种意义上可以说是超乎期待的答案。

现在雷姆拥有的唯一技能——假如要活用治愈他人的治愈魔法，那不妨把希望寄托在普莉希拉这番话上。因为雷姆一直懊恼，希望自己能拥有更多力量。

“不过，普莉希拉小姐不是要回自己的据点吗？”

“妾身改变主意了。一方面是阿尔跟着亚伯去远征了，另一方面是应该很快就能知道他们是否能满足妾身提出的条件。妾身在这里等候。虽然有点不方便……但这点，妾身会叫修尔特来解决。”

“哦，哦……”

似乎是被触动了神经，普莉希拉决定留在瓜拉尔。总之，如果要让普莉希拉教导自己，那么普莉希拉肯留下真是帮大忙了。

尽管雷姆的治愈术很笨拙，但这座都市里仍有很多人需要她。她不能丢下大家，离开都市。

“既然决定好了，就为妾身准备房间吧。细节部分就交给修尔特处理，你要在今天之内为妾身打点好一切。”

“明……明白。我马上让人准备。”

虽然被普莉希拉傲慢地吩咐做事，但雷姆没有反抗的意思，顺从地接受吩咐。

哪怕普莉希拉有着不容分说地让人服从的风格，可雷姆对于被别人命令做应该做的事情并没有抵触感。

她拄着拐杖，迈着急促的步子返回都市厅舍，心想必须和迪克尔商量普莉希拉在都市逗留，以及为她准备房间一事。

因为“修德拉格之民”也不习惯在都市活动，所以很多方面都要依赖迪克尔，雷姆对此感到抱歉。

尽管他是一个只要被女子拜托，就绝对不会感到厌恶或者说办不到的男子。

“啊，找到小雷了。”

“小乌塔卡塔。”

雷姆心想着迪克尔此时应该在办公室，就在她进入都市厅舍内，前往办公室的路上时，遇到了从走廊窗户向外眺望的少女——乌塔卡塔。

“抱歉，我一直在这里跑来跑去。”

“小乌没关系，不在意哟。小乌更担心小塔，摇来摇去的。”

“塔里塔小姐……对啊……”

塔里塔被任命为新族长，和昴一行人一起踏上旅途。

即使在年幼的乌塔卡塔眼里，突然被委以重任几近崩溃的塔里塔，也显得不堪一击吧。尽管如此，塔里塔依然下定决心直面自己的问题，是一个出色的人。

就算在雷姆蹲下身子，哀叹自己无能为力的期间，周围的人也不会因为她而停下脚步。正因如此，雷姆才不想哭诉着诅咒世界，并拖大家后腿。

“塔里塔小姐一定没问题。所以，我和小乌塔卡塔，还有大家，一起守护这里，等待塔里塔小姐回来吧。”

“嗯，明白了！小雷，真可靠。”

“是吗？听到你这么说，我稍微有自信了。”

听了乌塔卡塔不加修饰的话语，雷姆微微一笑。

接着，她突然感觉有点不对劲，于是环顾四周。只见乌塔卡塔一个人站在走廊上，眺望窗外。总是和她在一起的少女不见了。

“乌塔卡塔，只有你一个人吗？小鲁伊呢？”

因为年龄相仿，乌塔卡塔和鲁伊似乎成了亲密无间的好朋友。雷姆对此很放心，一直让鲁伊和她待在一起……

“小鲁伊没和你在一起吗？”

“没有！小鲁，跟去了。”

“咦？”

雷姆歪着头听乌塔卡塔回答后，整个人顿时无法动弹。

一瞬间，她的大脑快要变得空白一片，她拼命阻止并让大脑运转起来，想要确认乌塔卡塔话语的真正含义。

鲁伊没有和她在一起，所以乌塔卡塔那句话的意思是……

“小……小鲁伊她……”

“嗯，跟去了！在马车里。上车时，小乌也帮忙了。”

勇猛果敢的修德拉格少女挺起胸膛，和以前一样，一副满不在乎的态度，堂堂正正地对雷姆如此说道。

The only ability I got in a different world "Returns by Death".
I die again and again to save her.

第四章 混沌的魔都

Re:从零开始的异世界生活
Re: Life in a different world from zero

1

马车缓缓地在大路上行进，只是不像田园生活那般闲适。

疾风马晃动着一身栗色鬃毛的巨型身躯，性格却与健壮身躯相反，正小心翼翼地拉动载有昴一行人的马车。

“不是lady，而是蕾蒂……真不愧是迪克尔先生的宝贝坐骑。”

看着疾风马的飒爽英姿，昴想起它的主人，突然觉得有点怀念。

昴一行人借用的迪克尔的宝贝坐骑名叫“蕾蒂”——刚好与“淑女（lady）”一词的发音相似，让人不禁惊讶——迪克尔果然是命中注定的“好色之徒”。

无论如何，多亏蕾蒂的努力，前往魔都卡欧斯福莱姆的旅途无惊无险。如果一路顺风顺水，预计四天就能到达目的地。

“话虽如此，抵达魔都之后才是关键……到底有怎样的混沌之事在等我们呢？”

“混沌啊。说到这个，包含兄弟的打扮在内，我觉得这辆马车也相当混沌。”

昴坐在宽敞的马车的前座，眺望蕾蒂轻快奔走的背影，闻言按住随风飘动的黑色长发，回望说话人。

看到他的举动，瘫坐在马车最后面的阿尔叹了口气。

“哎，你这种精致女子的举止实在太活灵活现了，弄得我的大脑快宕机了。”

“所谓魔鬼在细节。这种挖苦话你还要说到什么时候？”

阿尔听了，嫌弃地挥挥手。没想到除了雷姆，还有第二个人否定昴男扮女装。

亚伯和修德拉格的众人，还有奥康奈尔兄妹和迪克尔，他们自从接受之后就自然地和女装的昴交流，阿尔却一直抱怨个不停。

“你明明说会支持我，那段奇妙的对话都是假的吗？”

“这是两码事吧？支持兄弟和全面肯定女装，不能相提并论。我本来以为女装是潜入城镇的时候才穿。”

“你是同伴的话，希望你能先承认真实的我。”

“也就是说女装状态就是真实的你？认真的吗？”

被对方郑重地提问，昴也觉得这副打扮有点可笑。

现在这个戴上假发和画好精致妆容的夏美·施瓦兹，与打扮成舞娘的时候不一样，今后他要承担的是更具智慧的角色。

因此，服装和妆容也尽量给人留下知性印象。

以红色为基调并配有衣领的服装，参考了佛拉基亚帝国将军——迪克尔所穿的服装。下半身则是长裤，搭配坚固的长靴。头戴装饰着羽毛的军帽，昴对这身虚张声势的打扮很有自信。

这正是“女军师”夏美·施瓦兹的完整姿态。

“嗯，感觉更像女军人吧。你想想，穿军装的女子，就跟穿男装差不多吧？”

“穿女装的兄弟装成男子，光看字面已经加深我的混沌了。”

“因为也要避免太显眼而起到反作用的情况发生，所以服装统一成帝国风了。而且要穿男装，因此稍微借鉴了库珥修小姐的品位。”

“在与她的相遇中得到启发，这种说法我不知道公爵小姐听了会不会高兴。关于这个，小亚伯怎么想？”

听昴解释完服装的概念后，阿尔想结束话题，于是将话头抛给了坐在马车中央的逃亡中的皇帝陛下。对方被他这声称呼吓了一跳。

亚伯坐在昴和阿尔中间，一脸严肃地眺望窗外。听到阿尔自来熟的称呼后，他皱起眉头，头也不回地说：

“小丑。打扮的确可笑，但只要做出成果，我就没有意见。能力和那方面的兴趣应该分开考虑。”

“原来是这样……嗯，我也要注意，不应该抱怨太多。”

亚伯没有提及对方过火的拉近距离的方法，而是直接点评。对此，阿尔也点头赞同。昴在为气氛没有变糟糕而感到放心的同时，瞪向亚伯说道：

“喂，别假装帮我说好话，实际上背刺我啊。我说过很多遍吧，这不是兴趣，而是为势所逼。你以为我喜欢男扮女装吗？喂，别不说话啊！”

都怪亚伯莫名其妙地突然不说话，昴显得更可疑了。

虽然是理所当然，但对当事人来说真是极其无礼的认知。如果可以选择，昴绝对不想穿女装。只不过利用这个方法可以有效地突破现状，昴也只能硬着头皮穿了。

“每个人都这样……我有充分的理论支持，都给我认真听。”

“还说到理论支持了。话说被赶下王座的皇帝和帮助他的神秘女子，这个组合有种故事经典桥段的感觉。”

“没错，没错。就是这种故事里不可或缺的女主角……我才不是女主角！”

“明明是自己说的，不要说了又生气嘛。先不说我，大家都被吓到了。”

昴怒气冲冲，但除了同乡阿尔之外，其他人都对昴的行为都感到一头雾水。就算是同乡，这种说话方式也有很多人无法理解。

“我都没有深入问过，你是从哪个年代被召唤到这里的？”

昴一直觉得阿尔的知识与常识，与自己所处的年代很相近。

第一次见面时，阿尔说自己是约二十年前被召唤到异世界的。他还说过自己对这个世界一无所知时就遭遇了灾难，在灾难中失去一只手的惨痛经历。

虽然他说得轻松，但失去手的现实应该无比痛苦。阿尔一直承受的苦恼与绝望，一定远比昴的经历更加残酷。

假如是二十年前，那么阿尔被召唤到异世界的时候，年龄应该与昴相仿。正因如此，就算二人有年龄差距，二人也分外投契。

——每当和他接触时，昴都会感到隐隐痛楚，大概就是这个原因。

“我就说是经典桥段了。”

“咦？”

“皇帝身边的可疑魔法师……不也很经典吗？这个怎样？”

阿尔的玩笑话将思绪偏离的昴拉回现实。

昴眨眨眼睛，对阿尔所说的“经典桥段”点头回应道：

“嗯，确实很经典。妖娆的女魔法师蛊惑皇帝，慢慢让他成为自己股掌之上的傀儡……然后，曾经繁荣的国家走向灭亡。”

“不要擅自让国家灭亡。无论如何，我一定会夺回王位。只是——”

“只是？”

“虽然不是魔法师也不是女性，但皇帝身边确实有个被称为‘星咏’的人。”

“星咏？”

亚伯说完这个词语后，昴和阿尔异口同声地表示疑惑。

这个词语听起来很陌生，但不可思议的是昴的脑海里出现了与之匹配的文字。如此一来，根据字面，昴便隐隐理解了这个人的职责。

“该不会是风水师之类的……像占卜师那种职业？”

“好像是更偏向预言家那一类吧？不过在王国，会用石板来预言。”

“嗯，叫作‘龙历石’……”

阿尔的话让昴记起王国祖传的那块预言板。

昴没见过实物，但曾听说石板上记载了卢克尼卡王国未来会发生的事件，也显示出了解决问题的方法，是很方便的历史文物。

然而，在处理卢克尼卡王室成员病逝这种前所未有的危机时，石板显示的处理方法却是选出下一任国王——也就是爱蜜莉雅和普莉希拉参与的国王选举。

说实话，这个成果让人不禁对国民感谢的预言板的声誉产生疑问。

“要是真心想拯救国家，应该在一开始就告知大家治病的方法……”

昴以国王选举候选人骑士的身份增广见闻期间，了解到卢克尼卡王族成员里没有处事专横或是愚昧无知的人，至少王室成员都深受人们爱戴。

大部分臣民都为他们的逝世而感到悲伤，没有人幸灾乐祸。“龙历石”舍弃他们的原因，至今依然成谜。

“如果对方是块石板，想要验证答案，根本是痴心妄想吧。”

“嗯，如果是石板的确如此，但‘星咏’不一样吧？那家伙在宫廷中担任什么角色，小亚伯？”

“和你们的认知差不多。因为‘星咏’的能力是预测未来，以维持帝国安定。”

亚伯的回答，大致上和二人对“星咏”这个名字的解读一致。不过，由此衍生出一个问题。

“可是，他没有成功预知吧？所以你才会被赶下王位。”

“我说过，‘星咏’的能力用作维持帝国安定，并不意味着他要同时保证我的安危。”

“你这么说……不就意味着你被赶下王位是为了帝国好吗？”

“至少‘星咏’是这么判断的吧。”

亚伯轻描淡写地回答，昴却觉得内容有种说不出的不对劲。

石板和“星咏”——尽管王国和帝国存在差异，但作用类似的东西，却统一对各自国家地位最高的人物的困境视而不见，就是这种情况。

不知道是不是错觉，昴感觉是难以名状的东西在其中作祟。

“不管‘星咏’预见到什么未来，我的答案只有一个——即使‘星咏’判断我要退下王位，我也不会乖乖服从。如果‘星咏’预测有我在帝国就会灭亡，那也只能由我亲手颠覆这个未来。”

亚伯语气平和，却略带激情地宣告道。

与扬言要夺回王位时有着同样的热情，这是亚伯绝不退让的一道红线，也是不可动摇的决心。这与单纯的愤怒和复仇不同，是由更强大纯粹的信念组成。所以，昴也没在最后那道红线上质疑亚伯。

如果可以，希望亚伯也能顾虑其他部分，昴会感激不尽。

“啊！各位——看看前面，前面——”

“嗯？”

谈话刚好告一段落，坐在马车前方——坐在驾驶座上握住蕾蒂缰绳的米蒂安，突然朝气蓬勃地呼唤昴等人。

与弗洛普旅行时似乎没有手握缰绳的机会，于是这次旅途米蒂安自告奋勇地提出要驾驶马车。

修长纤细的身躯挤在驾驶座上，她用白皙手指指向前方道路，说道：

“感觉前面好像闹哄哄的。小夏美看见了吗？”

“我看看……好像看到了一些比豆子还小的东西。”

昴定睛眺望窗外，却无法肯定自己看到的就是米蒂安所说的“闹哄哄”。并不是表达方式的问题，单纯是她的视力比昴好太多。

昴的双眼视力应该有2.0，可这个世界的人视力基本等同于原来世界的游牧民族。就像爱蜜莉雅，她的视力应该有5.0之高。

“话说回来，塔里塔小姐如何？看得见吗？”

“请等一下。那是……”

暂且不提自己视力欠佳的问题，昴仰望车顶，呼唤待在车顶上的塔里塔。塔里塔负责护卫，警戒来自四面八方的威胁。

闲不下来的塔里塔主动提出担任此项工作。加菲尔以前也这么提出过，所以对此已经习惯了的昴爽快答应。

事实上，塔里塔也充分发挥了异世界亚马孙族女战士的视力作用——

“似乎是聚集了一帮帝国士兵，喊停了走在我们前面的牛车和人。”

“那是……”

“盘问吗？”

收到塔里塔报告后，察觉到状况的亚伯嘀咕道。

听到“盘问”二字，昴回想起在瓜拉尔正门时发生的事情。只不过这里不是城镇入口，而是道路中央。由于和都市出入口的检查不同，所以显得异常地不自然。

简单来说，昴怀疑他们是为了找特定东西，所以才在路上盘问来往车辆行人。

“目标该不会是我们吧？难道是阿拉基亚逃走，导致消息传播开了？”

“阿拉基亚迟早会泄露细节，这是无法避免的事情。但我不认为她能这么迅速而精准地采取行动。而且，魔都位于帝都的相反方向。”

“也就是说，从位置来看，情报传播过快吗？”

“没错——除此之外，还有同伴这一问题。”

亚伯依然抱着双臂，提出他在意的并不是阿拉基亚，而是其同伴。

阿拉基亚的同伴，也就是那个有本事把她带离瓜拉尔的人。

听到亚伯的疑虑后，昴产生了厌恶的想象，皱起脸来。

如果把人选限定在位于城郭都市里的帝国士兵，昴对那个人有头绪。理由就是那个人不在投降的帝国士兵里。

估计是混入放弃守城的逃兵里逃跑了。

“不会吧……”

昴怎么也不希望是那名男子带走阿拉基亚。如果可以，最好再也不要和他见面。昴不想再和他有任何孽缘了。

“现在先集中精力解决当下问题吧。我们要怎么办？能绕道吗？”

“我想现在对方还没注意到我们……”

米蒂安和塔里塔视力出众，她们先发现了对方。

因此也可以趁对方还没发现，先行绕道。如果问心无愧，那么就算被盘问也能堂堂正正过关，但是作为被盘问前就心中有愧的人，除了绕道别无选择。

“等等，不能绕道。”

然而，在下令绕行前，亚伯出声阻止了。昴觉得这个指示并不明智，于是回头盯着他，质疑道：“啊？”

“我想知道他们的目的。如果设置盘问是因为瓜拉尔沦陷，那么行动未免太迅速了。若是在找我的下落，士兵们一定收到过某些命令，我想打探出这点。”

“就算是这样，要是你被认出来怎么办？做这种跟捅马蜂窝没区别的事情，最后肯定会演变成波澜壮阔的追逐战。”

当然，也有束手就擒避免演变成追逐战的模式。

马车上共有五人，有战斗能力的只有除昴和亚伯外的三人，战斗力总和与闯进瓜拉尔的舞娘部队差不多。因此，避免激烈战斗才是明智之举。

“条件太糟糕了。还是说，你有什么好方法？”

“有。就是你。”

在讨论风险回报问题时突然被点名，昴不禁喊出声：“啊？”

现在应该在讨论挑战危险的赌博的胜算问题吧？

“在城郭都市时已经有先例了。军用车也伪装成了马车，不会让人看出来。之前已经说好了吧？”

“那是为了在路上和别人聊天用的吧?!”

亚伯满不在乎地提及的内容，是为了在路上和其他旅行者以及旅行商人交谈而做的准备工作，并不是为了骗过专注盘问的帝国士兵。

明明与事先说好的不一样，亚伯却对昴近似哀号的控诉置若罔闻。

“我藏在马车底部，你负责向士兵打探情报。”

“等一下，等一下，等一下，你是认真的吗！”

“别让士兵看到马车底部，你也很珍惜生命吧？”

“你这人到底有多么傲慢自大！”

亚伯边说边离开座位，用手贴住地板。座位底下有能拆卸的地板，可以从那里钻入马车底下的空间。

这辆车原本是由帝国二将迪克尔的疾风马拉的马车。

经过一番改头换面后，马车外表看起来与帝国毫无关联。但毕竟是地位崇高的人物使用的马车，所以一开始就有这项功能。不过，工匠应该也想象不到皇帝会躲进去吧。

总之，亚伯掀起地板，迅速将自己塞进狭窄的空间内。看来他是真心打算把接下来的事情托付给昴了。与其说他大胆，不如说他傲慢。

“夏美，那边也注意到我们了！”

“那就只能上了！好，加油吧，小夏美！”

塔里塔和米蒂安细心的提醒剥夺了昴犹豫的余地。既然已经被盘问士兵发现，现在掉头换方向百分百会引起怀疑。

“也就是说，即使不情愿，也只能按照皇帝陛下的计划进行了。兄弟，做好心理准备了吗？”

“嗯，嗯，知道啦！请多关照哟！”

“你的思维切换真够厉害。”

昴无奈之下用双手拍脸，切换藏在内心的开关。

用力拍脸会导致妆容花掉，挠头会导致发型变乱。可如果不把内心的焦躁收起来，说话就会粗声粗气，那样就不能骗过帝国士兵了。

要完成被赋予的职责，演好被期待的角色。

这正是菜月昴挽回失去的信赖的第一步。

“哎呀，各位士兵，辛苦了。请问有什么事呢？”

昴一边在内心忠告自己，一边向喊停马车的帝国士兵们挥手，露出可爱的笑容，开朗地向对方打招呼。

2

——幸好喊停马车的帝国士兵，对于载有米蒂安、塔里塔

和昴这三名“女性”，以及只有阿尔这名“男性”的马车不太在意。

一行人主要被盘问了身份和旅行目的。

这方面的问题就按照事先商量好的答案应对了盘问：昴是下级伯爵的千金，雇用了阿尔和米蒂安当护卫，塔里塔则是昴的随从。

为了隐藏塔里塔的修德拉格身份，塔里塔目前按照昴的喜好穿上了男管家风格的服装，阿尔看到后啧啧称赞：“兄弟是男扮女装，小塔里塔则是女扮男装……把我搞糊涂了。”

其次是旅行目的。昴解释此行是要代替父亲去别人家拜访，这一点没有引起帝国士兵的怀疑。意外的是，在听到目的地时，帝国士兵的表情一下子变得严肃了。

“要去魔都啊，令尊吩咐的差事可真棘手。劝您三思。”

“就算您这么说，如果不去会被父亲骂。尽管只是下级伯爵，父亲也还是贵族……比起违抗家长，我觉得还是到魔都完成任务比较轻松。”

“嗯，这样啊。好吧，小姐看上去也很聪明，应该不必担心。”

“哎呀哎呀，您过奖了。”

昴用手背遮住嘴角微笑，优雅地消除了士兵的疑心。心想着盘问这关应该过了，昴在些许胜负欲驱使下，问道：

“话说回来，在道路中央设置盘问，戒备真森严……发生什么事了吗？”

“没，不是什么大事。最近北边的巴德哈姆附近展开了小规模战斗，有士兵趁乱逃走，我们在搜查逃兵……还有就是找通缉犯。”

“通缉犯呀。”

昴一边注意不要流露出内心的警戒，一边佯装成不安的千金小姐。昴的演技轻松骗过了士兵，对方毫不怀疑地点头。

“对。听说这附近有人目击到被帝国通缉的男子，他年纪约五十岁，蓝色头发。你有看到这人吗？”

“没有，很抱歉。不过，以精良强悍闻名的帝国军队里居然出现了逃兵，感觉帝国的风气被搅乱了，真让人不安。”

“不用担心，小夏美！有我们在，你尽管放心，挺起胸膛吧！”

“嗯，米蒂安小姐真可靠呢。哦呵呵呵。”

虽然是即兴演出，但听了米蒂安毫不掩饰的话语，帝国士兵也忍俊不禁。

昴本来还担心深入询问会引起怀疑，现在看来似乎是杞人忧天了。塔里塔也沉默不语，完美扮演一名忠于主人的管家——尽管她也许只是因为认生才不敢说话。

而士兵对唯一男性阿尔的怀疑，第一时间就被昴消除了。

“护卫只是体面说法……要是没了这个名目，他似乎不太成气候吧？这位在保护当家的战争中失去了单臂。”

听了昴的说明，士兵一开始怀疑的视线掺杂了同情。毕竟同样是要上战场的人，对这种无法痊愈的伤痛自然深有同感。

接下来……

“哎呀，不愧是小夏美！我好佩服你！”

坐在驾驶台上的米蒂安一边朝远去的帝国士兵挥手，一边称赞道。昴听了，摇摇头说：

“没什么啦。我也没做什么了不起的事情啦。幸好盘问理由和我们这边无缘，应该庆幸我们所有人运气都很好。”

“是吗？也许真的是这样。哥哥也常常夸我运气很好！”

“呵呵，米蒂安小姐和弗洛普先生都是能找到幸运的天才。”

昴用手贴着脸颊，听了米蒂安爽快的回答，也露出微笑。

接着，昴看向坐在隔壁一脸倦容的塔里塔。虽然绷紧的神经已经放松下来，但她看着脸色依然不好，于是昴歪头询问：

“塔里塔小姐，你还好吗？有没有感觉不舒服？”

“不，我没事……夏美，你为什么能这么镇定自若呢？上次以舞娘身份潜入时，我就这么想了。”

“这个嘛……”

塔里塔应该是继亚伯之后，与男扮女装的昴相处时间最长的人。然而，她似乎一直对昴能快速转换人物设定感到不解。

在某种意义上，亚伯和弗洛普并没有切换设定——与扮演毕安卡和芙洛拉的二人不同，昴在扮演夏美·施瓦兹的时候需要仔细认真地进行自我暗示。

如果不是天生丽质，光靠服装和妆容是无法骗过别人眼睛的，这属于本质问题。为了填补这个差距，昴必须努力。

“我只是非常努力而已啦。”

夏美·施瓦兹的完美程度，可以说是人类从古到今的美感探求的一部分成果。

如果没有先驱者，那昴的女装就是连在学校文艺汇演都拿不出手的三流水平。为了让世人认可，许多前人为此付出过努力，因此绝对不能白费他们的心血。

“你那么有自信，我很羡慕。我没有自信。”

“自信啊……我拥有的是对夏美·施瓦兹的信赖，这个和自信不同啦。”

“咦？咦？咦？”

“喂喂，兄弟，别说了。小塔里塔都被你弄得一头雾水了。你对女装热情似火，连我也有点跟不上。”

阿尔代替手足无措的塔里塔，阻止昴继续讲述自我理论。

昴并没有意识到自己说的话复杂到让二人感到混乱。他只是单纯觉得即使相信自己很难，也要在心中打造出理想的形象——如此一来就能相信吧。

“要一直在脑海里想象最完美的自己——就是这样。”

“我……我只知道这种思维方式对我很有难度……”

“不过，我很推荐这种想法。虽然用自己和憧憬的对象做比较是很痛苦的事情……但理想的自己是能想象的。”

昴用手贴住胸膛说道，塔里塔稍微睁大了眼睛。

她似乎深受感触。

“可以想象……理想的自己……”

至少，她平静地将这种想法留在心中了。

若有所思的塔里塔沉默后，阿尔转变了话题。

“不过，逃兵姑且不说，被通缉的男子到底犯了什么事？小亚伯的事没有传开确实少了障碍，他们如此劳师动众是为了什么？”

“搞不懂……五十岁左右的蓝发男子，好像有很多人符合这个特征，连我也记得曾经认识过这类人呢。”

在原来的世界里没有天生蓝发的人，但在这个世界里，不时能看到像雷姆那种蓝头发的人。比如在瓜拉尔时曾经帮过昴的大酒鬼——叫作劳安的雇佣兵，就符合盘问士兵说的特征。

虽说如此，昴也不认为他就是那个值得动员大量帝国士兵寻找的人物，被通缉的应该是跟他拥有相似特征的某个人吧。

“无论如何，普通士兵还不知道亚伯的事情……既然帝都一切如常，往有替身假扮皇帝这个方向想也合理。”

“好坏参半吧。说实话，如果因为皇帝失踪而发生骚乱，反而对我们有利。”

“各有利弊，对吧？先不说被发现后对方会如何处理，亚伯被追踪依然让人头疼，这一点没有变化。”

一旦皇帝失踪一事被公告天下，帝国就会陷入混乱，昴他们能否巧妙地趁乱突破，当下还是未知之数。至少，亚伯认为现在的战力还不足以让他自报家门。昴的想法也基本和他一样。

而亚伯心里有数，却还是提议强闯盘问站，当时昴真的被吓得心惊肉跳。

“总之，盘问这关已经顺利过了，要把小亚伯放出来吗？”

“也是。而且，我也想跟他抱怨几句。”

昴点头同意阿尔的提议，双手环抱假胸部，一副气鼓鼓的样子。

昴之所以生气，部分原因当然在于亚伯强行让他闯盘问站，但最大的原因是盘问时，亚伯在车底不停乱动。

昴和士兵对话期间，马车底部传来好几次杂音。“下级伯爵也很不容易呢……”最终，昴只能装作饥肠辘辘的大小姐，说那声音是自己的肚子在咕咕叫来搪塞过去。但这一出有损优雅且备受瞩目的夏美・施瓦兹的形象，成了他不愿再提起的黑暗历史。

“皇帝陛下在那种场合没有安守本分，似乎没有充分意识到自己的立场呢。”

“噢噢，兄弟，在生气啊。不过，我也觉得你应该生气。”

昴决定向鲁莽的皇帝陛下抱怨，阿尔也对此表示同意。

接着，阿尔掀起地板，昴窥视摇晃的马车底部，准备一看到那张脸就劈头盖脸地抱怨一顿。

“喂，亚伯，你到底是怎么回事？居然做那种胡闹的事情，不知道我们为了瞒天过海花了多少心思——”

“呜——”

“呀啊啊啊啊——”

没等说完，抱怨声便转换成惨叫，昴瞬间扑进塔里塔的怀里。塔里塔一下子用公主抱将他抱了起来，可惜昴现在没有心思称赞她体格强健。

出现的是疯狂的亚伯——不对，是一名稚嫩的金发女孩。

昴不仅见过她，还对她干的坏事刻骨铭心。

非法闯入帝国的代表人物，鲁伊·阿内芙从地板下活力充沛地跳了出来。

“为……为……为……为……”

“啊——呜——”

“为什么！你为什么会在马车里……”

“她似乎一直躲在地板下面。没想到一直没人注意到她。想必乌塔卡塔也是帮凶吧。”

昴被吓得惊慌失措，声音发颤。亚伯跟在鲁伊之后，从地板下钻出身子，解答了昴的疑问。

亚伯拍掉弄脏的旅行服上的灰尘，用手整理乱蓬蓬的黑发。看到鲁伊靠近一直被塔里塔抱着的昴之后，他开口说道：

“哼，看来她很喜欢你。毕竟比起乌塔卡塔和你的女子，她选择了跟你在一起。”

“你一脸冷静地说什么呢……倒是你，跟她一起待在地板下面没事吧？”

“怎么可能没事。她在底下乱动制造噪音，连我也被吓出一身冷汗。如果因为她而被士兵发现，不知道要怎么解释才能过关。”

亚伯盖上地板，回到座位上。昴也同意他的说法。

盘问期间，在马车里乱动的是偷偷钻上车的鲁伊。亚伯为了藏身而躲到马车底部，估计被先来一步的鲁伊缠着闹腾了吧。

亚伯一直孤身作战，似乎没有哄孩子的才能。

“那你到底能干什么……”

“你一直在诋毁我，那么你要怎么处理？”

“什么怎么处理……”

“先说好了，事到如今可不能回头了。盘问和时间都不允许这么做。”

昴一直被塔里塔抱着，听到亚伯的提醒后，错愕地俯视发出“啊呜——”声音靠近自己的鲁伊。

“为……为什么会这样……”

鲁伊这个不速之客的加入，让昴的大脑被困惑和混乱占据。

一方面，他对鲁伊的想法和隐藏的本性逐渐提高警惕。另一方面，不能否认他对因为鲁伊离开了身在瓜拉尔的雷姆而感到安心一事。

“昴，现在没办法了，只能把鲁伊一起带上。”

“连塔里塔小姐都这么说？”

“就像亚伯所说，现在没有走回头路的选项。可是，也不能丢下鲁伊不管。我知道你和鲁伊的关系很复杂……”

塔里塔的视线来回投射在昴和鲁伊的脸上，战战兢兢地提出中立意见。

一起潜入过瓜拉尔，也在“修德拉格之民”部落相处过一段日子，虽然不及雷姆，但塔里塔也知道昴对鲁伊很警惕。

塔里塔在这个前提下给出意见，昴即使心有不甘，也只能表示同意。

“就这样把她丢下，会给不知情的人添麻烦，这样不行……”

“呜？”

鲁伊歪着头，一脸懵懂。

到目前为止，鲁伊从未露出过大罪司教“暴食”的嘴脸。但昴不能保证她今后也不会改变，要是有个万一，昴就有义务

去应对。

因为只有昴坚信她是个危险人物，可以做到防患于未然。

“哎，别板着脸啦，兄弟。这个小姑娘很亲近兄弟。虽然她到时可能会碍手碍脚，不过总会有办法解决吧？”

“阿尔……”

阿尔一边说，一边帮助烦恼的昴做出决定。

阿尔刻意用轻松的语气说话，然后伸出手想要抚摸鲁伊的金发——

“带着一个孩子，也许对方就会放松警惕。带着孩子去旅行意外地……好痛！”

“嘎呜——”

就在阿尔的手差点碰到她的头时，鲁伊突然龇牙咧嘴，这下真的露出了獠牙。

鲁伊张开大口，咬住阿尔的手，让阿尔疼得嗷嗷惨叫，整个人跳了起来。简直就像不亲人的野猫恩将仇报地咬住投喂饲料的人似的。

“哇啊，痛死人了！流血啦！早知道这样我就不替你说话了！”

“居……居然张口咬人！果然，这就是你的本性……”

“呜——啊——啊——呜——”

“除了‘啊——呜——’，你还会说什么啊！”

鲁伊一直想靠近被塔里塔抱住动弹不得的昴。昴按住大叫的鲁伊的额头想把她推回去，但因为整个人被架住，无法顺利进行。

就这样，昴在马车里和“暴食”展开第二次战斗——

“请冷静一点！”

“呀?!”“呜?!”

塔里塔出声，音量瞬间盖过了大喊大叫的三人。她盯着三人，眼神和姐姐一样炯炯有神，同时慢慢地将昴放下。

“成年人居然和小朋友吵架，太丢脸了！请表现得成熟一点，不要给小孩错误示范。”

“呜……话是这么说，但那个女孩……”

“不要找借口了，夏美。既然自称军师，行为处事就应该更加冷静。”

塔里塔当面斥责，而这个浅显易懂的道理的矛头直指向昴。

和小孩吵架的行为很不成熟，没人能反驳这个正确的道理。但是，这么可爱的理论不适用于大罪司教。要是知道鲁伊是个十分危险的人物，塔里塔也一定会……

——不如就趁现在一五一十地揭露鲁伊·阿内芙的本性。

昴的内心产生了一股暗黑感情，堵住了喉咙。

看到昴表情僵硬，塔里塔和阿尔愕然。明明手边就有消除他们疑虑的方法，昴为什么一直踌躇？

把鲁伊的真实身份告诉他们，让他们知道事情的严重性。和在失去“记忆”的同时，丢失了魔女教知识的雷姆不同，他们应该能理解鲁伊是个威胁。

如此一来，就能去除这个顶着少女外形的不安因素——为了去除她，要怎么做？

“呜？”

鲁伊抬头仰视一动不动的昴，一脸不解地歪着头。

周围静下来后，鲁伊立刻变得安分。只有周围吵闹时，她才会跟着闹腾。这种适应力也是一种拟态吗？

昴在普勒阿得斯监视塔时曾到过一个白色世界，当时迎接昴的是毒辣且邪恶到极点的少女，那是她伪装的姿态吗？

如果这个答案是肯定的，就应该去应对。他明明知道要这么做，却——

“先说好了，我们这趟旅行的目的不是观光，也不是玩乐。”

昴还在苦恼，身旁的亚伯坐在位置上冷冷发言。

一瞬间，昴无法理解亚伯这话的真正意思而陷入迷惘，但他立刻反应过来，这是亚伯在对鲁伊的处置问题给出意见。

这趟旅行可不是闹着玩的，如此断言的亚伯黑瞳里没有一丝热度。

这就是他认为不值得对鲁伊报以任何关怀和温情的证据。相反，一旦知道鲁伊的真实身份，也能预见到他会如何选择。

“带她去吧。”

听到这结论后，原本注视着鲁伊的黑瞳看向昴。被昏暗锐利的视线刺痛胸口，昴无视了假胸部的幻痛，怒瞪回去。

“既然讲清楚这趟旅行不是闹着玩的，那就让大家看看有什么能帮上忙的地方……你是这个意思吧？”

“嗯，可以这么理解。我就知道你会这么说。”

“真是难以解释的评价。”

亚伯的话语里既含有失望，也包含失望以外的意思，难以揣测真正含义。

当然，亚伯不会让昴理解而多费唇舌，昴也害怕重新讨论后会得出不同结论，于是就此打住。

如此一来，关于如何处置鲁伊的问题，方针已决——

“好，小鲁伊，你要不要握缰绳？和蕾蒂玩玩吧！”

“呜——”

“缰绳不能给她呀！”

驾驶座那边热闹起来，两位女性温柔地欢迎鲁伊加入。

没想到鲁伊挺老实，也很亲近米蒂安她们，一路上似乎不用担心。硬要说的话，昴反而担心雷姆会不会因鲁伊突然不见而方寸大乱。

“如果钻进马车时乌塔卡塔也有帮忙，那么也不必担心那方面了……也许在雷姆看来，鲁伊跟我一起会让她更担心吧。”

“你在说什么啊？当然是和兄弟一起比较放心……不对，你们那边情况好像挺复杂的。”

把昴的低语和将要发生的事情联系起来，阿尔也对昴这边的情况有点在意。昴在阿尔的注视下垂下眼睛，犹豫一会儿后开口说道：

“确实……有点复杂啦。阿尔，想拜托你一件事。能请你帮帮忙，尽量留意鲁伊吗？”

“这种一反常态的请求方式是怎么回事？还有为什么？那个小女孩发生什么事了？”

“如果她受伤，雷姆会很难过。所以，拜托你了。”

阿尔提出了理所当然的问题，但昴也一如既往地隐瞒了真相。听了昴的答案，阿尔只沉默了一秒。

“好，知道了。虽然担心剩下这条手臂会被她吃掉，不过我会和她好好相处的。”

甩了甩被鲁伊咬伤的手，阿尔一屁股坐在马车最前面的座位上。听着驾驶座上三位女孩热闹的声音，他整个人慵懒地瘫坐在位置上。

态度和接受方式都是阿尔一贯的作风，昴对此感到安慰。

要考虑的各种各样的事情太多了。越接近魔都，昴内心的不安就越强烈。

“对了，盘问顺利过关，怎么都没人感谢我呢？”

“哼。辛苦了。”

“开头那一下轻哼没必要吧?!”

昴出言顶撞，责怪亚伯诚意不足的问候，深深地叹了一口气。然后，他与亚伯拉开距离，坐到阿尔一开始坐的最后排座位上。

怀着许多想法，马车继续行驶在通往魔都的道路上。昴抬头，眺望驾驶座那边，只见以鲁伊为中心的三人其乐融融。

“真是的……我现在这么苦恼是谁造成的啊。”

这句谁也没听到的抱怨，被马车行驶的声音掩盖、消失。

3

“我和哥哥一起长大的地方，是个很糟糕的地方。”

夜晚，一行人围坐在野营的篝火旁，米蒂安以平常的语气如此说道。

一行人将马车停靠在大道之外，晚餐就用简易食粮果腹。晚餐后，阿尔和塔里塔在四周巡逻，昴他们则留在原地待命。

米蒂安总是活泼开朗，大脑里似乎没有压低音量这个概念，讲述自身痛苦经历和黑暗往事时也不例外。

弗洛普也对昴说过，二人小时候生活的地方环境很恶劣。

兄妹俩住在收留孤儿的机构里，每天过着被殴打的日子。因此他们对不幸的大人伤害不幸的孩子的世界感到愤愤不平，于是发誓要复仇。

“哥哥说的话太复杂了，我无法全部听懂。不过，我想在哥哥挺起胸膛大步向前时支持他。”

“这就是对世界的复仇，对吗？”

“没错，没错！哎，不过我不太懂该怎么做就是了。”

米蒂安腼腆一笑，盘腿坐在地上。她让鲁伊坐在自己的膝盖上，熟练地梳理着鲁伊那头长长的金发。

之所以会聊到米蒂安的回忆，是因为昴发现米蒂安很擅长和小孩相处。

昴总觉得米蒂安是一个处事不拘小节的人，没想到她既主动又热心地照顾鲁伊，昴询问原因，于是有了方才那段对话。

“因为除了我和哥哥外，孤儿院里还有其他小孩，有的比我还小。日子本来就过得不怎么开心，所以大家想至少把头发留长一点。”

“原来这就是米蒂安小姐擅长照顾人的秘密呀。怪不得，怪不得。”

“唔嘿嘿，我擅长吗？这样的话，能帮上忙就好了！”

在赤色的篝火火光照耀下，米蒂安一头美丽的金发闪耀着光芒。无论是在武力上还是精神上，她的加入都给了这趟旅途和昴极为有力的支持。

如果没有弗洛普和她，昴等人的帝国之行应该会困难重重。

“米蒂安，你和哥哥的家乡在哪里？”

这时，一同坐在篝火旁的亚伯突然插嘴问道。

晚餐后的空余时间，还没回马车的亚伯刚好也在场听到米蒂安讲述往事。可他一直不发一语，昴还以为他没有放在心上。

事实上，被询问的米蒂安也诧异地睁大眼睛。

“欸？小亚伯，你知道我的名字吗？”

和阿尔不相上下，米蒂安也用亲昵的绰号称呼皇帝陛下。对于她的惊讶和对自己的称呼，亚伯微微叹气。

“我姑且还能记住名字，收起你那无意义的佩服。还是快回答我的问题吧，你和弗洛普的家乡在哪里？刚才提到的孤儿院代表人是谁？”

“代表人是指院长先生吗？我忘记他叫什么名字了。不过，我和哥哥以前住在一个叫作‘艾布利库’的小镇。”

“艾布利库……位于帝国西部的城镇。我记住了。”

“为什么要记住？”

“进行必要的处置。不过，未必由我直接处理。”

亚伯的回答言简意赅，话语里的真正含义却无法传达给米蒂安。

米蒂安内心本来已经有一个问号，亚伯的回答更让她露出了云里雾里的疑惑表情。然而，冷漠的亚伯没有打算特意解开谜题。

昴也没有完全弄懂他的用意。不过……

“听到国民的心声后，想马上将他们的意见应用在国政上吗？”

“没到那么特别的程度，我应该说过——我会赏罚分明。”

对工作成果给予奖赏，对愚蠢行为给予惩罚。

这是当政者亚伯的信条，也是难以动摇的规则。

现在回想起来，在修德拉格部落接受“血命之仪”时，亚伯曾拼命要求濒死的昴说出心愿。那股拼劲的背后，也隐藏着同样的信条。换句话说……

“你是那种不允许别人手中空无一物的人。”

“大多数人生来就空无一物。用双手抓住什么，抱着什么死去，就是每个人的人生。获得了那种资格却要放手，绝对不行。”

“生来就空无一物。这话从皇帝口中说出来真讽刺。”

大部分人生来就空无一物，只能在叹息自己没有才能、没有权势的同时挣扎求生。就算明白这就是人生，但被赢在起跑线的人这么说，只会觉得无地自容。

昴觉得亚伯这话是讥讽，亚伯却没有看他，继续说道：

“就算是我，也不例外。”

“什么意思？”

“一个人的地位伴随着相应的责任和义务。如果身上的担子超出负荷，愚者只会崩溃。品格和矜持，只能靠自觉每天磨炼。”

亚伯回应了昴的反问，视线慢慢转向昴。

亚伯打量正对篝火的昴，似乎在检查昴的黑发和服装。

“伪造及虚构的自我认同很快就会露出真面目。你似乎对装扮得心应手，正因如此，卸下伪装时才更需要花费劳力加以掩饰。不过，只要拿出成果，我不会对别人的兴趣爱好多加点评。我现在也不打算改变说法，只是以虚像为支柱的行为实在不堪入目。总有一天，你会和根基一同倾倒。”

在夹着热气的晚风吹拂下，亚伯的眼神如同寒彻的夜晚般透明清澈。

他的遣词造句并不会顾虑他人，也不寻求理解的余地。因此，这句话的真正含义基本没有传达给昴，只给昴留下了心灵被毫不留情地凌辱后的痛苦。

“说太多了。之后的交给你们了。”

说罢，亚伯起身回到马车上。

伴随着厚重的门被关上的声音，篝火旁就只留下昴和米蒂安，以及对话题一无所知的鲁伊。

“那个男的，怎么回事啊？”

不经意地脱口而出后，昴赶紧捂住嘴巴，一脸苦涩。

就像不服输的反派千金小姐。昴心目中的夏美·施瓦兹应该是一名拥有钢铁般心理素质的铁血女军师，这种话与她的形象完全不符。

“小夏美，你没事吧？”

就在昴内心矛盾交织时，米蒂安伸手温柔地抚摸他的脑袋。

她维持盘腿姿势，抬起臀部敏捷地移动到昴身旁。感受到她的体贴和大手掌的触感，昴觉得整颗心都被温暖包裹着。

“嗯，我没事。真是的，那个男的说这种故弄玄虚的话……米蒂安小姐，你听懂他说什么了吗？”

“完全不懂！但我看得出你很难过，而我能做的也不多。”

“没那回事……”

“没关系，我知道的！大块头的我负责向前冲，难懂的事情就交给哥哥和大家了！”

她愉快地露出灿烂的笑容，继续抚摸昴的脑袋。她的表情是那么真挚。

虽然知道自己有不足，但不会因此灰心丧气，多么积极向上的人生态度，就和昴憧憬的人们一样。

“米蒂安小姐真成熟。”

“我还是第一次被人这么说。不过有人夸过我人好，还有吃饭吃得香，让人看了心情好。”

“米蒂安小姐有很多优点，这也是其中之一。”

“嘿嘿！”

哪怕用尽千言万语，也无法向她传达所有感激和称赞，昴为此感到焦虑。然而，米蒂安雀跃地接受了昴这些没有内涵的赞美。

在她膝盖上蜷缩成一团的鲁伊，也像是被她的好心情感染了一样，喜形于色。

现在，只有这个瞬间，一切苦难与不安都被分隔了。

这段时间多么安稳平静，甚至让人产生了现实也是如此的错觉。

4

望着微微摇曳的篝火，时间缓缓流逝。

耳边传来燃烧木片“啪啪”的炸裂声，世界鸦雀无声。

以前昴很讨厌这种百无聊赖的夜晚。要是漫无目的地度过，常常会被无以名状的焦躁感折磨，有种被追着跑的感觉。

——绝不容许漫不经心、稀里糊涂地虚度时间。

不知名的黑影和自己勾肩搭背，露出令人作呕的笑容，喋喋不休地痛骂自己。

就算闭上眼睛、捂住耳朵也无法逃离名为“噩梦”的罪恶感。为了逃离它，菜月昴用尽千方百计。

被称赞的广泛兴趣和小聪明，全部是借口，都是为了逃离叫作“自己”的地狱。由数之不尽的借口堆积而成的纸糊道具，才是菜月昴……

“没有用借口解决，让人稍微安心了呢。”

“这样啊……”

听完昴的话，看着地面的塔里塔点点头。

在摇曳火光的对面，塔里塔立起一边膝盖坐着，她的脸被映照得通红。火焰闪烁的光芒，看着似乎与她的褐色肌肤非常相称。

提到相称，她那身用作隐藏修德拉格身份的打扮也一样。

塔里塔身上的白色图腾被消除，身穿现代人服装，再配合修长苗条的身材，打造出纯粹的男装美人形象。

再加上负责守夜并警戒周围的她脱去了外套，卷起袖子，现在这副模样比起时髦，更给人以野性的感觉。

塔里塔沉浸在思绪中，沉默了片刻。

在央求下，昴讲述了自己的身世——原来世界的事情，以及更加黑暗沉重的部分都经过模糊处理了，不知道会对塔里塔产生怎样的作用。

这一切的契机是昴在修剪指甲时，塔里塔问他：“化妆是在哪里学的呢？”其实昴开始化妆和开始穿女装的契机都很普通。

昴度过了糟糕透顶的初中时代，一心期待高中生活能变得多姿多彩，才稍微挑战了一下，只能算业余兴趣。

“不过，我有点过分较真……一旦开始做，就要尽善尽美，要达到不在人前失礼的水平。”

无论选择哪种途径，钻研技术总是离不开前人的努力。

在探求无愧于心的姿态的过程中，昴的高中生活迎来终结。从那以后，昴下决心告别穿女装。但人生就是这样，不知道什么东西会突然派上用场。

“我很羡慕夏美的人生态度。”

“咦咦咦咦?!”

“为……为什么这么吃惊……”

“啊，没有，因为很少有人对我这么说……”

昴感觉藏在假胸部里的心都要吓飞了。

说实话，客观来看，昴不认为自己有值得让人羡慕的地方。虽然凭借努力和坚忍做出了些许成果，但自己总会痛切地感受到能力不足。

“我一直被阿姊挡在前面保护着长大。阿姊是个表里如一的人，大家都坚信她迟早会当上族长，我也是。”

“塔里塔小姐……”

塔里塔结结巴巴地开始讲述自己的身世。

一开始，昴以为塔里塔是为了回应昴的坦白才迫不得已开口，原本打算阻止她，告诉她不必这么做。昴提及过去只是为了转换话题。

然而，听到塔里塔垂下头讲述的声音，昴收起了这种想法。因为昴能感受到，她是自愿讲述自己身世的。

“我和阿姊相差三岁，但阿姊在我心目中的形象很高大，不是因为她比我大三岁。毕竟，阿姊十岁时能办到的事情，我十岁时就办不到。不是年龄的问题，而是其他差距。我也不知道那是什么。”

塔里塔的一字一句都刺中了昴的内心。

他在某处听过这番话，这番话也一直是只有他一个人知道的秘密。

姐姐很优秀，所以感到自卑。雷姆就是这样。

看着憧憬的人的背影而产生的自卑，让昴深受折磨。

“——果然是那个人的孩子。”

对自己的失望，以及被重要的人期待而产生的罪恶感。

塔里塔差点就被这些感情击溃，最终还是选择加入这趟旅程。因为前任族长米杰尔达曾发誓效力亚伯，助他夺回帝位，于是塔里塔和亚伯等人一起踏上旅程。

对塔里塔而言，这是一趟重新审视并认可自己的旅途。同时，也许也是她用作逃离赋予自己的期待和重大责任的手段。

“必须在这趟旅行期间找出答案。不对，是必须下定决心。”

“决心……是继承族长之位的决心吗？”

听了昴的问题，塔里塔绷紧纤长的下颚线，点点头。

她的命运不适合用“找出答案”来形容，用“下定决心”才恰当——由此可以知道，她对米杰尔达把族长之位托付给自己一事的看法。

塔里塔认为，继承族长之位是无法逃避的事情。

她认为自己没有拒绝的权利。这是伟大的姐姐亲自点名，必须以新任族长的身份统领部族的妹妹的义务——

“即使逃走……”

“咦？”

“即使逃走也没关系。我不会责怪你哟。”

塔里塔瞪圆了眼睛，表示对这番话深感意外。

虽然只是顺着昴的话头，但塔里塔毫不保留地讲述了自己的想法。她置身的状况、心里的不安，以及压在她纤细肩头上的责任和义务，昴都能看到。还可以感受到拥有强烈责任感以及容易自责的她，在拼命地承受这些负担。

也许塔里塔希望昴现在对她说一句“振作点”来鼓励她下决心。既然是男扮女装也能大大方方地展露于人前的昴，或许能为自信不足的自己增强信心吧。

若是如此，那么昴要说的话与她的期待相悖。

“如果你觉得肩上的担子太重，认为有人比自己更合适，那么就算收拾行囊离开马车，我们也不会责怪你。至少，我不会。”

“可……可是，如果我不在，战斗力会……”

“当然会有这方面的隐患，不过总会有办法。”

说了自我主张的话啊，昴在内心自嘲。

如果被亚伯知道自己讲了这些话，不知道会怎么蔑视自己。现在战斗力短缺，我方绝对需要塔里塔，自己怎么会说出少了她也没关系这种话。

“是不需要我的意思吗……”

“不，大错特错。无论从人品上还是战斗力上来说，我都希望能和塔里塔小姐一起旅行。可是，这只是我一厢情愿的任性想法吧？”

“任性……”

“这句话就好像在说，我为了活下去，让你扼杀内心。”

昴既是过来人又是同类，所以无法强行要求塔里塔。

塔里塔年纪比昴大，也许比昴更早面对这个烦恼。但昴已经成功摆脱了那种黑暗，于是他才能以过来人的身份断言。

——自己无法成为别人。

无论对方是自己多么向往、嫉妒，以及心急如焚渴望成为的人。

“我们无法成为‘自己’以外的人。”

那么，至少要成为自己喜欢的、可以接受的、充满自信的“自己”。

要像羽化的蝴蝶一样，反复体会失望、沮丧和少许成就感。

“真是招人嫌。”

昴喃喃自语道，声音小得塔里塔也听不见。

刚刚说着说着，昴突然想起几小时前一起围坐在篝火旁时，亚伯所说的理论。大多数空无一物的人，都要用空荡的两手抓住某些东西来生存。

那些话的本质和昴想表达的意思有重合的部分。

听了昴的话，塔里塔视线游移，变得更加迷惘。

那份迷惘要投向何方，只能由塔里塔自己决定，无论她做出怎样的选择，都应该尊重。

昴逃离了被寄予的期待和无法回应的罪恶感。

他甚至曾经怀疑，自己之所以被召唤到异世界，就是因为某个多管闲事的人知道他想逃离一切才干的好事。不过如果因为这样，自己不能和父母——不是虚幻而是现实世界中真正的父母——告别，也太让人难受了。

“能够逃跑，也可以是一种救赎。”

至少，如果他一直在自己的房间里，被期待和罪恶感两面夹击，菜月昴就不会有现在这种心情了。

光是自己的事情已经让他焦头烂额，没有闲工夫花费心神去想能为别人做什么，想为别人做什么，昴会一直这样吧。

如果还没做好战斗的准备，逃跑也不是坏事。

或者说，应该要有一个可以选择“不战斗”的世界。

“自信和决心……”

“咦？”

“自信和决心，我都不够。可是，不仅如此……”

听完昴讲述自身经历后，塔里塔颤抖着嘴唇呢喃。

微弱到几乎被木柴燃烧的爆炸声盖过的声音里，蕴含着比讲述弱小的自我身世时更真挚的感情。

被超负荷的重担压着，塔里塔继续虚弱地说道：

“如果，自己犯了大错……该怎么做，才能弥补？”

“错误与弥补……塔里塔小姐吗？”

被昴反问后，塔里塔不禁“啊”了一声。

她睁大眼睛，瞳孔里闪过一丝后悔，就和刚刚讲述错误时一样，可以看出她后悔方才对昴坦白的忏悔。

和对姐姐的自卑感情不同，这种后悔给塔里塔的未来蒙上了阴影。

“我说了奇怪的话……请你……忘掉。”

最后的结局是：说不完的故事就在此告一段落。

从塔里塔的表情可以明显看到她并没有得到答案。然而，昴无法强行追问她。

等未来某一天，她想全部倾诉的时候，昴希望还能陪在她身边聆听……

“兄弟，到换班的时间了。”

就在昴得出结论时，马车那边传来声音。

只见阿尔一边扭动粗脖子，一边慢慢走过来。守夜是每隔三小时换一次班，现在似乎轮到昴休息了。

“我对亚伯和鲁伊不用轮班这一点有所不满……”

“少说两句啦，到时小亚伯成功夺回王位，万一用让他守夜这个理由处死我们，可不是闹着玩的啊。”

“若要追究一路上的积怨，那我就算有九条命也不够用。”

“既然有自觉就控制一下啦。跟你待在一起，我也被吓得冒冷汗了。”

听到昴发牢骚，阿尔提出理所当然的要求。

话虽如此，昴今后也打算毫不忌讳地对亚伯的态度提出抗议。就是因为没人敢说，亚伯才会变成桀骜不驯的暴君。

如果皇帝能在手中无实权的逃亡期间，稍微改正一下性格，也有利于国家日后发展吧。

“否则就算我们帮他重返王位，今后也会重蹈覆辙。下次他可能真的要被送上断头台了。”

“啊——这个问题就交给你吧。就像公主所说，我基本上不管闲事，贯彻所谓的放任主义。”

阿尔挥挥手，试图劝说昴改变想法。

昴对靠不住的阿尔叹气，然后重新转向塔里塔。她正看着篝火，陷入沉思。昴呼唤她：

“塔里塔小姐，我先离开了。如果无法忍耐阿尔的性骚扰和无聊笑话，请马上通知人家。”

“星嫂扰？”

“只有对象是公主的时候我才会那样！我会好好把握距离感和亲密程度，也就是所谓的TPO原则。”**【注：TPO原则，服饰礼仪的基本原则之一，分别代表时间（Time）、地点（Place）和场合（Occasion），即着装应该与当时的时间、所处的地点和场合相协调。】**

“是我不擅长的范畴。”

昴如实地评价完自己后，朝阿尔微微招手。

“说不定塔里塔小姐会找你探讨人生问题。届时，请你以经验丰富的过来人身份好好引导她。”

“经验丰富的过来人，根本是和我本人相反的形容。我无法为他人的人生负责，而且明明一直在积极避免这种事情。”

“这是克服弱点的好机会。就跟克服吃青椒一样。”

爱蜜莉雅和碧翠丝不爱吃青椒，但二人屡败屡战，努力地通过各种途径尝试克服挑食的坏习惯。

截至目前，二人未曾获得过胜利，但只要继续挑战，昴相信总有一天会迎来胜利。

“所以，阿尔也要加油。”

“把克服吃讨厌的蔬菜和这种事情并列，不会只有我觉得这两件事不能相提并论吧？”

至少，刚刚那个比喻足以让昴充满干劲，所以昴的结论是：没有受到感染是阿尔的问题。

“夏美……明天见。”

“嗯，明天见。”

昴把正对篝火的位置让给阿尔，正打算进马车时听到塔里塔向自己打招呼。

虽然声音微弱，但塔里塔确实和昴约好了明天见面。于是昴心怀希望，她在听取了自己的话语的同时，明天也会和大家见面。

逃跑不是坏事，也有通过逃跑获得力量的情况。

不过，一定也有人决定不逃跑，下决心战斗从而获得胜利。

昴希望塔里塔就是这种人。

“大家都有各种各样的想法……这是理所当然的。”

晚饭后和米蒂安的交谈，方才和塔里塔探讨人生问题，昴接触到她们不为人知的一面，深刻地感受到这趟旅程带来的影响。

可以说大家已经敞开心扉，也可以说这是拉近了彼此距离的成果吧。既然是一起旅行的同伴，能互相加深理解就再好不过了。所以……

“你也稍微对我们放松戒心吧，好吗？”

昏暗的车内用简单的布帘隔出休息区域，昴朝坐在最前排位置的人影说道。

里面姑且分开了男女休息区域，男性睡前面，女性睡后面。昴和阿尔还清醒着，所以在前面座位上休息的嫌疑人就只有一个人。

在黑暗中，隐隐约约能看到那个人的黑色瞳孔——

“难得我们轮流守夜，你至少好好享受这点恩惠吧。”

“睁一只眼睛睡觉是佛拉基亚皇室的习惯。”

昴记得曾经在一部老电影中，看过杀手习惯睁一只眼睛睡觉。而和黑暗混为一体的亚伯，给出了同样的答案。

以前曾听说人体大脑构造上很难做到这点，但既然眼前的亚伯实际演示了这个习惯，似乎并非不可能。

然而，现在愕然的情绪凌驾于佩服的情绪之上。

“难道你认为我们会趁你睡着时偷袭吗？无论是攻陷城郭都市，还是前往魔都拉拢‘九神将’，我们都和你一起行动。难道时至今日，你还认为我们会加害你吗？”

昴放慢说话速度，晓之以理，但亚伯依然保持透彻的表情，不为所动。他依然按照自己的习惯，左右轮流眨眼。

而且尽量减少眨眼次数，理由与不闭上双眼睡觉一样吧。

“以为自己可以歪曲我的生活方式吗？少得意忘形了，管好你自己。很快就到魔都了，完成好自己的任务。我不期望，也不允许你做多余的事情。”

说完，亚伯刻意闭上一只眼睛，终结了和昴的对话。冷若冰霜的态度让昴不是滋味，摇了摇头。

“既然你这么说，人家就……我就不客气地打呼噜了。”

他卸下夏美・施瓦兹的虚假外壳，展露出菜月昴的真面目。

不等对方回答，昴就选定了尽可能远离亚伯的位置当睡床，摘下假发，宽衣躺下。

出于对亚伯的挑衅，昴也想过干脆一夜不睡，但这样做不仅毫无意义，对现状也没有任何帮助。疲惫的身体在不知不觉间就失去了意识。

伴随着各种各样的问题与不安，以及人际关系的变化，一行人的旅程仍在继续。

——魔都卡欧斯福莱姆，已经近在咫尺了。

5

“啊——呜——”

驾驶座上的鲁伊指着前方映入眼帘的街道，已经兴奋得坐不住了。

虽然昴想出声提醒她不要妨碍别人驾驶疾风马，但手握缰绳的米蒂安早已一把搂住鲁伊，欣喜地大叫：“看到啦，看到啦！”于是昴也不自讨没趣了。

补充一下，昴看到同一幅景色，也大为震撼。

“那就是……魔都卡欧斯福莱姆……”

喉咙不自觉地颤动，昴用自己的肢体语言表达震惊。

在卢克尼卡时，水门都市普利斯提拉震撼的美景也曾让他目不暇接；在佛拉基亚时，与王国建筑风格迥异的街景也曾让他大为感动。

然而，近在眼前的魔都景象带给了昴崭新的冲击。

在昴的认知里，都市是大量人民居住的集合体。因此街道应该会有统一的样式和规格，打造出所谓的“个性”。

可是，在卡欧斯福莱姆感受不到那种统一的感觉。

就正如名字中包含“混沌”一样，这是一座繁杂且奉行随性主义的大熔炉——都市中央的红蓝色对比强烈的城堡十分惹人注目，街道就像包裹着城堡一般呈圆形向外延伸。乍看之下，结构与卢克尼卡王国相似，但王国按照阶级划分了贵族区和平民区。

然而，卡欧斯福莱姆不一样。

璀璨闪耀的建筑物旁是一片陈旧的废墟，低矮建筑物林立的街道上突然出现了高出一倍的大型尖塔，郁郁葱葱的公园旁边竟然是寸草不生的沙地。

街道上还有无数随意拼接在一起的柱梁和脚手架。远远看去，整座城市似乎被蜘蛛网覆盖住，毫无规章、整洁感可言，总的来说是与“秩序”无缘的城市。怪不得被称为“魔都”。

整个都市都在强调：这里无疑是混沌蔓延的地方。

“仿佛遭受了‘巨人一击’而摇摇欲坠的城市。”

昴眯着眼睛看这座逐渐靠近的乱糟糟的都市时，身旁的阿尔如此说道。阿尔用手贴住头盔的额头位置比出遮太阳的动作，发表对魔都街景的感想。

虽然无关紧要，不过既然已经戴头盔了，还比遮太阳的手势，有意义吗？

“嗯？怎么了，兄弟，有什么事吗？”

“不，没什么……对了，‘巨人一击’是什么？”

“咦？兄弟的老家没有这种说法吗？就是指地震之类的天灾。”

昴对陌生的说法提出疑问，却被阿尔歪头反问。

虽然和阿尔是同乡，但这里说的故乡是泛指“原本的世界”，和地理意义上的老家不同。

只可惜，昴所在的世界里关于鬼的谚语有很多，关于巨人的谚语他倒是没什么印象。

“难道是和棒球队有关联？我不太了解那方面的知识。”

“啊——不，怎么说呢？我也没有刻意在特定的地方记住这句话，也不记得自己是个狂热的棒球迷。”

“这样啊，我觉得边喝啤酒边看棒球很像你会做的事情。”

“说起来，我好像没喝过啤酒。”

阿尔苦笑着回答。

“好像的确如此。”想到阿尔被召唤到异世界的年代，昴在内心暗自理解。

无论如何，在闲聊期间，载着一行人的马车行驶到魔都入口，停在负责管控混沌都市进出的大门前。

通过眼前的大门就是这趟旅程最后的关卡，决胜负的时刻来临了。

想到这里，昴也鼓起干劲，重新亮出“夏美·施瓦兹”……

“放行。”

“太好了！谢谢。”

“呜——”

大块头男子收下通行费，稍微扫视车厢内部，便让一行人通过。都市的卫兵由单眼族担任——脸部中央仅有一只大眼睛的种族。

只看一眼就放行，昴觉得很扫兴。说不定那只特征鲜明的眼睛里具备某种可以看见特殊东西的能力。

“可能就是因为这样，他才被委任为门卫吧。”

“你似乎想得很深奥，不过单眼族没有那种能力。据说多少能比双眼看得远一点，但眼睛的能力大致上没有差异。”

“我想也是！毕竟他轻易让这种可疑的马车通过了！”

昴用手托着下巴放声大叫，试图用自己的理解加以解释。

对他的意见嗤之以鼻的则是戴着红色面具的亚伯。

一到魔都，亚伯就戴上面具。昴三番四次要求他摘下面具，对方却充耳不闻。让人生气的是，一切正如亚伯所料，卫兵看到如此可疑的鬼面具男子依然不动声色。

“真是事态严重。把守都市第一道关卡的门卫竟然如此粗心大意……这里执行的到底是什么法规。”

“我的意见和夏美一样。明明穿着带袖子的衣服，他们却什么也没说。”

“嗯嗯……你的惊讶，在性质方面和我的不同呢……”

脸颊僵硬的塔里塔对昴表示赞同，但不巧的是她的惊讶来自文化差异，从根源上和昴感受到的不同。

昴觉得不自然的是都市的风俗，她则是基于“修德拉格之民”的自我认识。

“咳咳，先不说这个了。尽管已经进入了关键的魔都……”

通过粗略的盘查后，马车就被杂乱无章的街道吞没。

米蒂安和鲁伊似乎深有感触，驾驶座那边屡屡传来她们尖锐的欢呼声，昴也被光凭外表看不出来，只有身在其中才有体会的魔都景色吓到。

首先，一进入都市，许多见所未见的人种就映入眼帘。

虽然单眼族门卫也很震撼，但一旦进入都市，便感觉到他也不算是特别引人注目的类型。

都市里主要是多种多样的兽人——不仅有猫人和狗人，还有兔人和狮子人这种根据体型大小而明确区分的种族，在大街上交错穿梭。

一群外形酷似爬虫类的蜥蜴人开了一家店，也有好多只手的多手族，还有头发长度惊人的种群，分不清是时尚还是种族特征。

不仅如此，他们还看到会走路的石块种族，也有身体的一部分和其他种族杂交而成而且闪闪发光的种族。

这种无差别的种族混居方式，让昴受到了巨大冲击。

当然，在卢克尼卡王国时，昴也曾被王国的景象震撼，让他立马意识到被召唤到了异世界。那之后，为了在异世界生存，他在学习所需知识的过程中，逐渐知道了有关亚人的复杂情况。

以因是半妖精而遭遇到排斥的爱蜜莉雅为首，这个世界对亚人来说绝对算不上友好。听说外表有明显特征的种族，为了避免麻烦，会选择在人烟稀少的地方生活一辈子。

加菲尔他们的故乡“圣域”也是因那些偏见而衍生的地方。

可是，昴眼前的卡欧斯福莱姆又是怎样的呢？

多种多样的种族肩并肩、毫无隔阂地共同生活。最让昴惊讶的，还是他们的精神状态。

每个人都挺直腰板，堂堂正正地展露自我。

兽人没有磨平利爪尖牙，蜥蜴人没有拔掉鳞片，会被当成奇形怪状的各个种群都没有用布遮住自己的脸或身体。在昴看来，十分新鲜。

“这里执行的是什么法规，你刚才这样问过吧？”

有人突然甩出这句话，原来是坐在位置上并戴着鬼面具的亚伯。

不仅驾驶座上的米蒂安和鲁伊，在昴、阿尔甚至塔里塔都兴致勃勃地环顾四周时，遮住脸的皇帝突然开口说话。吸引了昴的注意力后，亚伯继续说道：

“如你所见，这里不靠法规维系秩序。要问执行什么法规，那就是无形的法规。大可称它为嘲笑秩序本质的缺德都市。”

“说什么缺德……我正在感动，泼什么冷水。”

“感动？是受到感触吗？你这种从外面来的，会有这种想法也不奇怪。”

昴噘着嘴唇回答，亚伯则耸了耸瘦弱的肩膀。

从外面来的——又是这种把人当作局外人的说法。昴回想起几天前在马车上的争论。不过，只有昴的情绪单方面有起伏，如果将那天的事情定义为“争论”，对方只会嗤之以鼻吧。

“话说回来，无秩序本身成了某种秩序，这是这座城一贯的概念吧？这方面是怎么回事，小亚伯？”

“如果问秩序的本质，就能知道这个城市是否无秩序。你认为秩序的本质在哪里？”

“怎么问这种像禅学一样的问题……兄弟，我放弃！”

阿尔很快投降，放弃思考，昴不禁闭上其中一只眼睛。

尽管如此，与没有尊严的阿尔不同，昴不想轻易举白旗投降。尤其对手是亚伯，他的好胜心就更强了，于是绞尽脑汁思考问题的答案。

“秩序的本质，不就是那个吗？就是……大家相处融洽！和和美美！”

“秩序的本质，在于相同。”

昴的意见就像是低年级小学生的主张，亚伯无视了他，自顾自地解释道。

昴听后皱起眉头，于是亚伯继续补充：

“意思就是大多数人拥有相同的价值观。不管是教义、信念、目的，还是欲望都无妨。不是个体，而是在集团中，维系着彼此的同一性才叫作秩序。而在名为秩序的根基上构筑而成的，就是你的痴人说梦。”

“痴人说梦……你认为和平是那么异想天开的事情吗？”

“斗争是人类不可避免的本能。即使用于战争的武器不是刀剑，而是语言和国家，本质也不会改变。可是，秩序是创造出远离崩溃环境的绝佳机制。你看——”

亚伯抬起下巴，示意昴他们看向窗外。

亚伯坐在座位上向他们示意的是，不必特意眺望窗外也一定存在的东西——象征着魔都的城堡。

“如同小丑所说，这座都市里存在名为无秩序的秩序。而都市之所以能成为众多种族的熔炉却不陷入崩溃，根据就是那个。”

“那座城堡……不，城堡里面的……”

“尤尔娜·米西格雷。”

昴的身子微微颤动，亚伯的声音有力地敲击昴的鼓膜。

亚伯的声音僵硬，藏在鬼面具底下的表情无从窥见。对于“九神将”中最大的问题人物，同时也是自己夺回王位不可或缺的人物，他到底是怎么想的呢？

杂乱的建筑物纵横交错地排列着，种族各异的人群来来往往，这就是魔都。

城堡巍峨耸立在都市中心，简直像在俯视主动前来自己脚下拜访的皇帝一行人，甚至觉得它对玩弄命运一事乐在其中。

6

——对于“九神将”之一的尤尔娜·米西格雷，昴知道的情报很少。

她既是魔都卡欧斯福莱姆的统治者，又是被赋予“柒”之位的帝国一将。与此相对，她明明是皇帝身上的一把利剑，却好几次发动谋反，是一个危险人物。

皇帝的仁慈让她免于受罚和被除名，世人称其为不知悔改的灾祸之花……

迪克尔代替不懂报告、联络、商量的皇帝，将这些情报告知昴。讲到性格方面，他含糊其词的就只有尤尔娜和塞西鲁斯这两位。

“也就是说，若要评出帝国之中想法最奇怪的一男一女，她就是那个女性……”

昴想到今后的事情，便觉得假胸部都变得沉重。

当下，一行人准备和女方谈判，只是迟早也要和男方见面。而且还有一个可怕的束缚，如果她拒绝加入我方，那么战争几乎毫无胜算。

姑且不谈塞西鲁斯……

“看到这座城市后，对尤尔娜这位女性的印象改变了呢。”

昴改观的契机在于亲眼看见魔都，以及生活在魔都的人们的姿态。

路上亚伯讲解的“秩序”，并不只是通过明智发言显得高人一等，还是为了让大家把焦点放在这个都市的秩序本质上吧。

卡欧斯福莱姆的人和物都杂乱无章，充满了无秩序。维持烹煮混沌的熔炉稳定的象征，正是尤尔娜·米西格雷。

她这个人，正是魔都这个无秩序集合体的唯一秩序。

正因为赏识她的能力，亚伯才没有将她从“九神将”中除名。话说回来……

“对方肯定是个狡猾的家伙，你抽到凶签了，兄弟。”

说着，盘腿而坐的阿尔边笑边拍打膝盖。

正襟危坐的昴用余光瞥了瞥懒散地坐在木地板上的阿尔，小声叹息。尽管被阿尔的平常心拯救了很多次，但这次恐怕是例外。

“阿尔，请坐直一点。可能有人时时刻刻盯着我们。还有就是，请不要再叫我兄弟了。”

“好啦好啦……不过，要怎么称呼兄弟？写作姐妹，读作兄弟？”

“这样的话，不懂汉字的人也看不懂吧？”

虽然日语多姿多彩的表达能力和优美程度让人为之震撼，但现在再增加只有昴和阿尔才懂的暗语也没有任何好处。

“既然你称呼米蒂安小姐和塔里塔小姐，甚至称呼亚伯都加‘小’，不如也这样称呼我，会显得比较自然。”

“我要叫你‘小夏美’吗？哇，我起鸡皮疙瘩了！”

“请你忍住！真是的，总是吵吵嚷嚷的……”

阿尔向昴展示右手的鸡皮疙瘩，昴则以领队身份责备他。

滑稽的是，在这个队伍中，年龄越大不等于地位越高。从角色上来说也一样，由关键人物昴让大家绷紧神经最为合适吧。毕竟……

“我们已经进到‘红琉璃城’里面了。”

昴小声嘀咕，让自己集中注意力。

没错，在求见都市的统治者尤尔娜·米西格雷之后，昴等人就被邀请到魔都的中枢，那座闪烁着红蓝两色奇幻光芒的城堡里。

——成功进入魔都后，进度就加快了。

一行人找到可以停靠疾风马和马车的旅馆，预订好房间后就展开攻略尤尔娜的行动。该做的事情在路上都已经商量好了，因此大家毫不犹豫。

而让危险的“九神将”尤尔娜加入我方的策略是——

7

“把这个交给城堡主人尤尔娜·米西格雷吧。她看到后应该会有反应。”

亚伯说完，把提前准备的信件交到昴手中。

内有信件的信封已经用封蜡处理，所以昴无法拆开。用蜡将信件封口，在冷却之前用刻有家族纹章图案的戒指压上去，作为寄信方的证明，是贵族一贯的做法。

意外的是，这封信的封蜡上没有印上家纹图案。

“很遗憾，我带出来的两个皇帝证明都粉碎了。一个被你摧毁，另一个在瓜拉尔的都市厅舍内被毁。”

“啊，‘血命之仪’和‘阿拉基亚之乱’的时候。不过，没有证明，她会看吗？就算看了，会相信吗？”

“不要杞人忧天。我不打算阐明内容。她只要看了信，就会知道是我。”

“原来如此……顺带一问，你亲自去一趟不就是最好的证明吗？”

昴把信收进怀里，单刀直入地询问。

之所以把信交给昴，是因为亚伯说他不会一同前往城堡。可是既然需要阐明我方处境，由他本人亲自到场是最直接的方式。

话说回来，如果不亲自和尤尔娜见面，那他为什么要跟着来这里？

“若他不来，盘查的时候我们也不用提心吊胆，路上也能过得安稳点……”

“你的不敬行为真是得寸进尺。”

“因为你一个人把大家的节奏都打乱了……”

严格来说，鲁伊也很危险，不过昴现在只想挖苦亚伯，就先把专门扰乱昴心神的鲁伊放在一边了。

“用不着你说，我也会和尤尔娜·米西格雷直接对话。可我要是太早露脸，会对我方形势不利。你好好观察一下。”

“观察吗……啊，听你这么一说的确如此。”

鬼面具底下的亚伯流露出不悦，昴平静地理解了他的话语。

仔细一想，对方是三番四次发动谋反的人。站在尤尔娜的角度，她应该是不满亚伯的统治才会这么做。

当然了，亚伯和尤尔娜的关系形同水火。说不定就跟放了冒烟火种的火药库差不多。真亏他敢亲自跑到魔都来。

“你把信交给尤尔娜·米西格雷。只是，关于我……皇帝亲笔信一事，要保密。”

“咦，为什么？不说的话会吃闭门羹吧？”

“以防万一。若能让她看信，她不会对我们不利。但我也没有把握，在交出信之前她会不会改变心意。因此，你要想出妙计进入城堡。”

“妙计……”

对方给自己抛出一道难题，昴错愕地看着亚伯。

亚伯抱着手臂，脸部表情依然被鬼面具遮得严严实实。

“看了这座都市，大概能把握那家伙的脾气和喜好标准了吧？运用你的小聪明，勾起那家伙的兴趣就可以了。”

“你这话真是充满恶意！”

“还有一个次佳策略，只是我想避免使用，因为那个策略只能用一次。而要达成我的目的，我们还有很长的路要走。你明白吧？”

“真是一个自命不凡的男子……”

听了亚伯试探性的言论，昴噘起嘴巴表示不满。

这一刻，昴很乐意和尤尔娜一起推翻亚伯的统治，说不定会和尤尔娜志同道合，还有可能会和她成为挚友。

“那么，就按照那个方向行动吧。”

“你好像有想法了，不过似乎在打坏主意。”

打坏主意的始作俑者说这话，实在是毫无说服力。

8

就这样，经过各种事件之后，昴一行人到达魔都的中枢，进入了尤尔娜·米西格雷居住的“红琉璃城”。

按照亚伯的要求，一行人没有报出他的名字，而是采用其他方法进入城堡。

虽然使用了有点不合规定的方法，但城堡的士兵们和都市门卫一样没有丝毫警戒心，轻易相信了昴等人的话术，让他们进入会客室等待。

于是，昴一行人坐在宽敞的会客室内，等待相关人员传召。

城堡的氛围让人联想起日本的城堡，等候室里没有看守的守卫。事情发展未免太过顺利，现在比起沾沾自喜，昴更担心安保方面的问题。

“当然，对我们来说是好事……可是这么容易就放访客入城，就算是一将，不也有很大机会被人钻空子暗杀吗？”

“他们甚至没有要求我们交出武器。没想到不搜身就让我们通过入口，反而让我慌张起来了。”

“当然是因为我们没打算闹事啦。阿尔亲你真奇怪！”

与其说对方心胸广阔，不如说毫无防备的态度让昴和阿尔大吃一惊。然而，米蒂安认为二人多虑了，她乖乖地侧身而坐，一边大笑一边说道。

以使者身份进入红琉璃城的包括昴、阿尔以及米蒂安三人。剩下的亚伯、塔里塔和鲁伊，则在旅馆待命。

虽然塔里塔以守卫的名义留在旅馆，但从亚伯和鲁伊都需要照料这一点来看，其实更应该称呼她为“保姆”。

“至少要报答塔里塔小姐的辛劳……为此拟定了这个战略。”

“小夏美，你真大胆！我和阿尔亲都被吓到了。”

“是啊，阿尔亲吓了一跳。”

阿尔若无其事地附和米蒂安，虽然对他的态度有点不爽，但昴也有点骄傲地回应道：“对吧？”

昴以使者身份听从亚伯命令，为他送信，同时被告知不能报出亚伯的名字，经过一番苦思冥想，昴最终茅塞顿开。

事实上，正因为他的灵机一动发挥了正面作用，三人才被允许进入城堡。

“攻略的提示是‘让人恼火的亚伯’。”

“啊哈哈，小夏美，你对小亚伯真执着。好厉害。”

“厉害？指我吗？还是亚伯恶劣的性格？”

“两样都是！”

“米蒂安小姐也很勇敢。”

米蒂安精神抖擞地举手，提及昴和亚伯的关系。

昴和亚伯之间的关系没到水火不容的程度，只是迫不得已才朝着同一个目标前进，是一边闹矛盾一边前进的关系。

如果要用身边人来举例，关系应该与以前的昴和由里乌斯差不多吧。

只不过，包括普勒阿得斯监视塔的事件在内，昴其实很信任由里乌斯——尽管昴绝对不会告诉由里乌斯，态度上也不会表现出来就是了。

“话虽如此，那也不是简单的事情。”

直截了当来说，就是逐渐消除隔阂，达到心意相通。

可是，要达到那个结果，需要经过漫漫长路，还要越过相当数量的高山和低谷。

改善人际关系并非易事。

至少需要彼此都有改善关系的意愿，坑坑洼洼的道路才有机会变得平坦。

就算一方想填平道路，只要另一方依然无情践踏，情况就绝对不会变好。

“久等了。各位使者，这边请。”

负责带路的侍从来到待客室招呼三人，打断了昴苦涩的感伤。这是一名鹿人女孩，头上长着巨大鹿角。除了头部的角以外，其他特征大致和人类一样，属于半兽人。年约十五岁，身穿华丽得恰到好处的合服。

看着安静带路的少女，昴不禁想起某种和她相似的事物，但始终想不出具体是什么。就这样，三人被领到了城堡的顶层。

“简直是天守阁……”

三人跟着少女来到作为接待室的大厅后，昴深有感触。

向外敞开的楼层和房间结构，果然与昴认识的日本古典城郭有着类似风格。原来这里连天守阁都有，昴不禁感动起来。

“请各位在这边等候。尤尔娜大人马上驾到。”

“好的，谢谢你……哎呀？”

向负责带路的少女道谢后，回过神来的昴感到不解。

因为天守阁大厅里除了昴他们三人以外，还有先来一步的客人。从房间最里面的空椅子判断，这些客人明显不是城堡的主人尤尔娜。

“那边的各位是……”

“跟诸位一样，是求见尤尔娜大人的客人。尤尔娜大人做事随心所欲，所以一次性接待各位客人。”

“怎么这样……”

少女平淡地说完，昴小声呻吟。

居然想出这种主意，与其说不考虑别人的感受，不如说这也太蛮不讲理了。就算尤尔娜不介意，被强行拉在一起的人会感觉很不自在。其他人也不想谈话内容被无关人员听到。

“既然对方这么说，我们就当场把那个给她吧，小夏美？”

“听你这么称呼我，我也要起鸡皮疙瘩了。”

阿尔察觉到昴的想法，昴回应后想起怀里的信件。

虽然不知道细节，但内容肯定是被赶下王位的亚伯，请求尤尔娜帮助他夺回王位。亚伯也说过，只要她读了信，就不会对昴等人不利。

“那么，要怎么办？”

负责带路的少女退下后，米蒂安歪着脑袋询问。

就算遇到这种突如其来的情况，米蒂安依然处之泰然，爽朗奔放，老实听话。一定是因为平时和弗洛普分工明确的成果。

听了她坦率的提问，昴揉揉眼睛，踏进大厅。

“在把信交给她之前，试着拜托其他人离场吧。虽然可能会被拒绝，不过不妨开口拜托看看吧。”

“如果是公主，遇到不合她心意的事情可能就人头不保了。”

“这种可怕的事例就请不要拿出来说了……”

阿尔举出极端的例子，让昴不禁对尤尔娜这位同样极端的人物提高了警惕。

同伴的背叛让他感到不安，昴有点紧张地看向大厅。

天守阁宽阔的大厅里除了没有铺设榻榻米，给人的印象与时代剧中城主和一众家臣议事及召开军事会议的房间差不多。

让使者坐在下座，等待城主出现在上座，这点也和时代剧相同。

“尽量待在这边吧。”

昴走进大厅，和先到的客人拉开些许距离，在同侧座位上坐下。因为坐在对方的前一排或者后一排位置感觉很奇怪，而且在昴的记忆中，时代剧中的城主与一众家臣会面时，总感觉他们是横着坐成一排。

尽管昴也不敢肯定这就是使者的礼节。

老实地在大厅坐下后，昴不动声色地观察先到的客人。

对方有四个人，和昴他们一样，身上有武器。其中一人坐在相对靠前的位置，大概是他们的代表吧。

剩下三人，应该就是他的护卫了。

“总感觉，对方也不想让别人听到谈话内容。”

看了这个现场，越来越难以赞同尤尔娜把客人集中在一起的想法了。

觉得主人礼数不周的同时，昴将注意力转向了在护卫前方的代表人物。他们来找尤尔娜到底是有什么事情呢——

“呃……”

瞬间，强烈的冲击让昴哽住喉咙，脸颊和脖子整个僵住了。

昴不禁发出震惊的声音，然后猛地低下头。听到声音后，当事人向这边扫视。然而，看了一眼垂下头并转向正面上座的昴后，对方似乎对昴不感兴趣，撇开视线，将注意力从昴身上转移了。

昴感觉到对方的反应，心脏要爆炸似的剧烈跳动，于是他安静地吐气。

看到昴这样，后方的阿尔和米蒂安一脸疑惑，但二人很快就会感受到和昴一样的冲击。因为——

“这不是开玩笑吧？”

昴不爽地嘟囔。先来到大厅，在距离他五米左右的地方等待尤尔娜·米西格雷的客人——

就和不应该在场的亚伯长得一模一样。

The only ability I got in a different world "Returns by Death".
I die again and again to save her.

第五章　八年后的奖赏

1

——“红琉璃城”巍然耸立在魔都卡欧斯福莱姆的中央。

魔都街景看起来就像在无秩序之上涂抹混沌加以固定后没有统一感的结婚蛋糕——街上到处都是材质与款式各不相同的柱梁和脚手架，在具有某种艺术品位的人才能理解的魔都里，有一座红色和蓝色交相辉映的城堡正大放异彩。

琉璃本来是蓝色的，城堡却叫红琉璃城，真是自相矛盾。然而，只要看一眼红琉璃城的外观，就不会有人对这个恰当的名字提出任何异议了。

城堡的基台和重要部分使用了大量纯粹的琉璃色石头。

闪着深蓝色光泽的宝石，其内侧却带着一抹红色，就像缓缓在水中散开的血滴一样，让本应是蓝色的琉璃时而看似被血色包裹一般。

不拘泥于固定的色彩搭配，色彩千变万化的混沌之城。

这就是魔都的统治者尤尔娜·米西格雷居住的城堡——红琉璃城。

在红琉璃城的天守阁内，眼看着就要见到盼望已久的尤尔娜，此时的昴整个人都僵硬了。他的后背被厌恶的冷汗沾湿，原因是先到天守阁的客人——和昴他们一同等候尤尔娜出现的一行人之中的代表人物。

身后有护卫守护，这位悠然自得的人物拥有昴熟悉的黑发和魔性美貌。但是，那张脸应该藏在鬼面具之下，根本不可能在人前露出真面目，更不可能出现在这里。

也就是说，堂而皇之地出现在这里的男子是……

“咦，小亚伯？你为什么会在这……哇！”

“啊，你没事吧，小米蒂安？阿尔亲在这里哟。”

震惊得呆站在原地的昴身后上演了惊险的一幕，很快又手忙脚乱地落幕了。

米蒂安发现了先到的客人中有熟悉的面孔，正想出声喊对方时，嘴巴被阿尔堵住。当然，对方的护卫用怀疑的目光看过来，不过昴亲切地微笑应对，成功化解危机。然后——

“阿尔，刚才干得很好。”

“嗯，我也想自夸，真是如有神助的反应……不过，那家伙制造的惊喜有点太惊吓了吧？”

“嗯，我也是这么想的。”

阿尔把米蒂安拉回来，昴在他身旁一脸严肃地点头。

和意料之外的对手同场竞争——这也是可以想到的最糟糕的冲突。

这个人打扮成亚伯的样貌，是亚伯的替身。如果事前听到的是事实，那么站在这里的假皇帝应该也是“九神将”之一。

“从结果来看，亚伯不来是正确的。”

“嗯，好险，差点就要上演真假佛拉基亚皇帝决一死战的戏码了。”

“难道那也是一种手段吗……”

被好奇心驱使的昴瞥了瞥跟在冒牌亚伯身后的护卫。

昴不清楚对方让多少士兵埋伏在魔都，但起码能肯定现场冒牌亚伯的手下就只有三个人——这个冒牌货在帝都可是被数万名士兵保护着，现在是揭开他假面具的绝佳时机。

“要不要和他说说话，确认看看？”

“不，这样太鲁莽了。如果能轻易地跟他沟通当然也是个办法，但如果贸然行动可能造成无法挽回的事态，这种情况更可怕。不能操之过急。”

“好的好的。”

不知道阿尔话里有几分认真，不过提议被否决后，阿尔似乎毫不在乎。

虽然阿尔的意见本来就有比较大的概率被驳回，但他先昴一步提出昴也可能想到的急性子意见，给昴留出了冷静判断的时间。

多亏了阿尔，昴在思考的时候少走了弯路，自然有更多的时间仔细筛选妥当的选择。

至少，现在不应该惹怒假皇帝一行人，要摸索安全离开城堡的方法。除此之外，昴还想确定对方来访的目的。

为什么假皇帝会在这个时间点出现在卡欧斯福莱姆?

也许实际情况会有所不同，但目前可以说对方是以皇帝本人亲自前来的形式到访。

“喂喂，听我说，听我说。”

此时，米蒂安插入昴和阿尔之间。

突然被阿尔堵住嘴巴，事后也没有说明原因，另外两名同伴说悄悄话时还把她排除在外，但米蒂安十分配合二人，压低音量，圆圆的眼睛盯着假皇帝一行人。

“我还是搞不清楚情况……不过那个小亚伯，不是我们认识的小亚伯吧？”

“嗯，没错没错，你的理解正确。毕竟，真亚伯现在应该待在大街上的旅馆，趾高气扬地等我们回去。所以，我们也很头疼……”

“那不是很不妙吗？毕竟，小夏美……”

“我？我怎么了……啊！”

昴才说完搞不清楚状况，米蒂安却能快速理解到问题的本质并提醒昴。听了她的话，皱着眉的昴马上想到她在担心什么。

随着假皇帝一行人的出现，有一个大问题摆在了昴等人面前。在米蒂安提醒之前，昴和亚伯都没有意识到这个不容忽视的大问题。

“尤尔娜·米西格雷大人驾到。”

然而，现实残酷，没等他们商量对策，负责带路的鹿人少女就回来了。

她深深垂下长着大角的脑袋，向昴他们和假皇帝一行人鞠了一躬，然后打开大厅前方的门，说道:“请进。”

接着，一道人影缓缓踏进大厅。目睹那位人物的样貌后，昴成功想到适合形容自己对鹿人少女的印象的词语。

他觉得鹿人少女给他的印象与“秃”相似。

所谓秃，是指古代在日本的游廊等地方工作的见习艺妓少女。少女们在奢华的楚棺秦楼里一边照顾艺妓的生活起居，一边学习礼仪和技艺。

大概是意外合身的精致合服和发饰，让昴产生这种想法吧。

不过，最有说服力的理由是少女领进来的人物——昴之所以成功想起“秃”这个词语，正是因为看到那个人物的姿态。

昴忘记了呼吸，睁大眼睛入迷地看着对方。人类会被美丽而震撼的事物侵蚀心灵，意识也会被支配，所以昴的行为是本能反应。

“今天的客人可真多啊。”

这名身材高挑的女子一边说，一边眯起蓝色的柳叶眼。

一袭颜色艳丽的花纹图案合服包裹住窈窕的身姿，一头秀发被一丝不苟地盘起，头发颜色从发根到发尾呈现出白色到橙色的渐变色，打造出精致的发型。

她用兽骨和兽角加工制成的簪子盘发，除此之外还有一些以兽牙和鳞片为素材的发饰，让看客们大饱眼福。

话虽如此，这些始终是装饰品，只是用人手打造出来的美。如果要真正发挥饰品的魅力，那么佩戴者自身的气质非常重要。

而说到这方面的要素，合服裹身的那位人物的气质更是毋庸置疑的。

女子身材窈窕，袅娜娉婷，气定神闲地前行，她的美貌让众人看得着迷。

她的举手投足略带慵懒，又不失干练。许多是在看客注视下才有的动作，每个动作都经过精心设计，大概是为了吸引大众眼球。

而让娇模娇样的走路方式更显突出的是和她窈窕的身段不成比例的巨大狐狸尾巴——还是毛发茂密的九条尾巴。

精美的发型和发簪，与在发饰中竖起的兽耳相得益彰，由此得知这位穿合服的美艳女子是狐人族。各种情报像酒香一样渗进昴的大脑。

“欢迎诸位远道而来，光临奴家的城堡。”

说完，她坐在大厅里的专属上座，大大方方地露出纤纤长腿，将身体重心压在椅子的扶手上。随后她伸出手，从旁伺候的秃立即将涂上金漆的高级长烟斗放在她白皙的手指上。

美艳女子在烟斗尾部点火，把袅袅紫烟吸进肺部后，嫣然一笑。

自己坐在上座，下座则让来客就座——也就是说，她俯视着佛拉基亚帝国皇帝。

大气耀眼的打扮和措辞，故意露出玉肩的合服打扮，和随从秃相结合，昴不禁联想起“游女”“花魁”这些词语。

当然，昴没有亲眼看过游廊和游女，充其量就是在以日本古代为舞台的时代剧等作品中汲取到的知识，可除此以外他想

不到其他了。

不对，其实也不至于没有其他合适的词语形容她。

在这种情况下，还有其他词语适合形容她。她的确是美艳的女子，打扮也的确是游女风格，但在此之前，她位居“九神将”之“柒”——

“尤尔娜·米西格雷。”

出现在大厅的美艳女子——尤尔娜·米西格雷，看向呼唤自己的男子。

站在木地板上，回望那双蓝色眼眸的是冒牌皇帝——为了区分他与亚伯，现在刻意称呼他为文森特，但他是赝品。

“虽说是理所当然的事，可就连声音也一样……”

只从短短的一句话也能听出，对方的声音和亚伯分毫不差。

看来二人不仅外貌像，就连声音都一模一样。惊叹归惊叹，既然对方复制了外表，当然也要模仿声音，所以不值得过于大惊小怪。

比起声音，昴预感即将有事发生，所以应该把注意力放在接下来的事情上。

“他到底为了什么目的……”

来到魔都呢？当前，昴无法在文森特一行人身上找出这个问题的答案。

虽然得优先应对与他们相遇以及尤尔娜出现这些事情，但文森特来访的目的——他亲自前来拜访多次谋反的“九神将”，到底是为了什么？

既然到了必须扮演皇帝的程度，他们那边一定有某种正当理由。而尤尔娜又是为什么招待关系不好的皇帝来城堡呢？

如果是碍于身份，尤尔娜不好拒绝，一切就说得通了。

“哎哟，哎哟，陛下，好久不见。”

昴百思不得其解，在他前方的尤尔娜垂下眼角，露出笑容，嘴里含着长烟斗。然后，尤尔娜吐出紫烟，闭起一只眼睛，表现得极其无礼。

“有幸在此处一睹尊容，深感光荣。毕竟奴家以前费尽心机邀请，您都不肯移动大驾呢。”

“那是邀请？”

文森特没有提及姿势和紫烟两个放肆的行为，而是不悦地蹙眉。他抱起自己纤细的手臂，用手指轻敲手肘，仿佛在思考。

“你所谓的邀请，是指屡次向余出兵吗？如果是，余已经用一目了然的方式回应了。”

“嗯，确实。不过，如您所见，奴家的脑袋和身体还没有分离。而且，您今天没有带那个棘手的小家伙。一想到也许您已经知晓奴家的心意，奴家就感到欣喜雀跃。请您原谅。呵呵。”

说完，尤尔娜轻笑了两声。她的声音和微笑十分魅惑，文森特的表情却看不出一丝动摇。

昴一方面惊讶于假皇帝文森特居然复制得如此滴水不漏，另一方面有点在意尤尔娜的态度——面对文森特时，她的眼神和话语蕴含着热情。

尽管只是短暂对话，可二人在昴看来……

“难道那位姐姐是为了吸引小亚伯注意，才发动谋反吗？”

“希望不是吧。”

阿尔的推测和昴一样，昴听了后咬牙。

帝国的最强将军之一居然因为一己私情而调动军队，昴不希望这是事实。而且，昴很难想象这世上居然有人会对目中无人的亚伯抱有好感。

以上就是昴两颊僵硬的主要原因。除此之外，还有一个更迫切的理由。

那就是被米蒂安提醒的不妙事件——以“让人恼火的亚伯”为口号，试图吸引尤尔娜注意力的东西，同时也是昴他们来访的理由。

如果昴他们的不祥预感成真，尤尔娜应该对昴他们不感兴趣。然而，她还是让三人进了城堡。

更重要的是，还偏偏让他们和文森特一行人同场。

“尤尔娜一将，您的态度未免太放肆。您到底在想什么？”

“嗯？”

冒牌皇帝组合无视了对不明状况感到不安的昴三人，继续进行对话。

代替沉默的文森特发话，让尤尔娜挑起柳眉的是一个留着黄绿色头发的人物，似乎是文森特的护卫。这名男子短发竖起，刻意留长了其中一部分，像触角一样。年纪似乎与文森特差不多，或者比他稍大几岁。

男子身穿黑色轻铠甲，披着砂色斗篷，面貌和体格让人留下铁丝般锐利的印象。男子用犀利的目光狠狠瞪着尤尔娜，似乎在批评她的无礼。

“您是跟随陛下身旁的……”

“卡夫马·伊鲁鲁克斯。此次奉陛下之命随行。本来打算只做好护卫的本职工作……只是您的态度实在让人忍无可忍。”

“奴家的态度？是指哪方面呢？”

“所有！”

尤尔娜优哉游哉地回答，而自称卡夫马的男子十分激动。

他继续瞪着尤尔娜，以手势指向静观事态发展的昴等人。

“话说回来，为何让无关人员列席！虽然这里是您的城堡，但同时也是帝国领土……连这个也忘了吗！”

“怎么会呢，奴家依然属于陛下。”

“不要转移话题！那边的，你们也不应该答应列席！”

“咦?!我们吗?!”

见卡夫马的愤怒矛头指向了自己，昴惊慌失措。如果可以，昴希望他们继续把三人当作透明人，如今无法如愿，只好观察对方脸色再行动。

“我们在场会打扰你们吗？那么，我们择日……”

“这可伤脑筋了。奴家一天的时间有限，错过今天，不知道何时才能见面。”

“不要挽留！换位思考，他们也会觉得尴尬吧！”

“嗯，嗯，您所言甚是。”

比起不知道为何突然出声挽留昴等人的尤尔娜，昴的想法反而与卡夫马一致。尽管卡夫马跟随假皇帝，从立场上来说和昴是敌对关系，可他的发言有理有据，甚至让昴觉得现场只有他和自己站在同一阵线。

然而——

“尤尔娜·米西格雷，你到底在打什么主意？”

文森特·佛拉基亚——冒牌皇帝本人突然打破了沉重的氛围。

他一开口，原本气势汹汹的卡夫马立刻退下了。哪怕是昴已经熟悉的声音和样貌，昴也被他的气势震慑，感觉内脏都收缩了。

就算昴知道对方是赝品，昴受到的威严和压迫感也是真真切切的。

“回答余，你在打什么主意？”

第一次提问是让随从和不速之客安静，这时，文森特又重复了一次问题。

面对他的问题和霸气，尤尔娜稍微眯起眼睛。她轻轻把长烟斗运到嘴边，将袅袅紫烟吸入肺部，吐出甜美气息，然后矫揉造作地回答：

“奴家当然时时刻刻都牵挂着陛下，牵挂佛拉基亚皇帝陛下……呵呵，好冰冷的眼神。话说回来，让那边的客人列席，陛下一定也会很高兴。”

尤尔娜自信满满地微笑，并抬下巴示意昴等人。

这时，文森特第一次注意到昴他们。大概是看了方才的对话，判断让昴一同在场的理由并不是尤尔娜的心血来潮吧。

为了终结窘迫的气氛，昴做好被斥责的心理准备，清了清嗓子。

“非常抱歉，请容我们择日再来拜访。我们似乎搞错了拜访时机，而且诸位谈话期间我们也不便在场。今天我们就此告辞……”

“哎呀，哎呀，你胆子也太小了吧。”

昴弯腰鞠躬，准备郑重道别后离场，却被中途打断了。

刹那间，昴看到被紫烟遮住的尤尔娜的眼神里蕴藏着孩童般纯粹的光芒，恍然大悟，意识到自己失策了。

如果要回头，应该在看到先到的客人的样貌时就做出决定。

昴判断错误，现在已经追悔莫及。因为……

“奴家从檀座那边听说了。你们多半是来邀请奴家加入你们，与皇帝陛下为敌，对吧？”

因为，我方的所有想法都被对方看穿了。

2

——“让人恼火的亚伯”。

昴本以为这个口号正是攻略“极彩色”尤尔娜·米西格雷

的有效方法。

毕竟，她至今为止屡次发动叛乱，连老好人迪克尔都认为她是一个性格恶劣得无可救药的人物。

要求和她见面时，昴提出的方针是“为了推翻现任佛拉基亚皇帝，现有一个权力相当的人物请求密谈”。

而在故事设定方面，昴他们三人扮演“携带那位大人的亲笔信，前来红琉璃城拜访”的角色。

实话实说，这些都是有事实依据的。

所谓“现任佛拉基亚皇帝”，就是把亚伯赶下王位，并夺取了其名字和地位的人物。而想密谈的“权力相当的人物”，正是理应坐在王位上的真正皇帝，所以昴说的都是真话。

一行人的目的从始至终都是让尤尔娜收下亚伯的亲笔信。为此，如果有必要，昴不惜说千千万万个谎话。

“这就是夏美·施瓦兹的计谋——”

这是阿尔和米蒂安也为昴欢呼喝彩的神机妙算。

没想到……

“你们是要推翻陛下统治的叛乱分子吗？”

给尤尔娜讲述的权宜之计被曝光，大厅的温度瞬间降至冰点。

本以为是冷空气，原来是澎湃的敌意。而敌意的源头是刚刚最激动的卡夫马。他凶狠的视线让昴意识到现在已经不可能撤退了。

聪明反被聪明误，昴觉得这句话最适合形容现在的情况了。

“不过，时机不对和情报共享不充分，都是亚伯不好……”

“给我闭嘴——尤尔娜一将。”

被迫陷入荒唐困境的昴诅咒亚伯，却被卡夫马命令闭嘴。接着，卡夫马将凶狠的视线刺向前方的尤尔娜。

“您明知道他们是叛乱分子，还让陛下和这些人共处一室吗？请回答我！”

卡夫马放声大吼，他的愤怒不是指向紧张万分的昴他们，而是一手促成这个对立局面的尤尔娜。

卡夫马并不是要追究尤尔娜的责任。

说得简单一点，卡夫马只是觉得昴他们不足以构成威胁罢了。

事实上，踊跃站出来的卡夫马散发的气场，不容置疑地表明了他是有能力担任皇帝随从的实力者，是相当厉害的强者。

“身为当事人却被排除在外吗？到底是好事还是坏事……”

阿尔小声嘀咕道。如他所言，昴他们被彻底无视，紧迫的对话仍在进行。被卡夫马诘问的尤尔娜含着烟斗，“呼”一声吐出紫烟。

“你说奴家知情，是什么意思呢？”

“明知故问！正如我多次向陛下进言，您果然是个危险人物。”

“这是再明显不过的事情，不必多提。奴家声名狼藉，您该不会不知道吧？”

“啧！”

尤尔娜的态度无疑是在挑衅，卡夫马气得额头爆出青筋。

虽然有点不可思议，但光听对话内容，昴的意见偏向卡夫马一方。来之前就听说过她的为人，昴以为自己已经做好了某种程度的心理准备，结果尤尔娜的性格比自己想象的还恶劣。

出乎意料的是，她似乎并不打算把昴等叛乱分子，交给偶然到访的文森特一行人。

如果只是向皇帝献上叛乱分子，现场的气氛过分紧绷了。最关键的是……

“还是老样子，扭曲的兴趣让人反胃。”

文森特一句话否定了尤尔娜的兴趣。

听到他的冷言冷语，尤尔娜柳眉微抬。

“哎呀，不合陛下心意吗？”

“蠢货。过于偏向一方，就等同于让猎犬猎杀兔子。余对帝国并没有厌倦到要以单纯的残虐作为余兴节目。”

文森特的发言虽然平淡，却充满了实实在在的压迫感。

尤尔娜表现得一脸轻松，只有头发间露出的狐狸耳朵抖了一下。这到底是在表达什么感情，昴不得而知。

还有文森特内心的想法，昴同样不得而知。

不得不与叛乱分子当面对峙的文森特——正因为昴知道眼前人是赝品皇帝，比起真皇帝，还是揣测假皇帝的内心想法难度更高。

而且亚伯都被赶下台了，那么冒牌货大概也对亚伯没有好印象——

“你——”

“呃！”

昴正在无礼揣测文森特的内心，突然被对方那双黑色眼睛直勾勾地盯住。

顿时，情况已经不容昴挪开视线，于是昴就在准备不充分的状态下和大敌对上视线。

到底是怎么做到那张脸和真货一模一样的？而且真假双方都能用犀利的黑瞳看穿昴的全部。

昴被盯得实在心头发痒。

“想对余说什么，尽管说。”

“真是让人火大的眼神。”

“什……”

“啊！不，不是的！说错了！刚刚只是脱口而出！”

时机真是糟糕透顶，假皇帝的问话和昴要发泄的愤懑重叠在一起。

居然有人敢当面咒骂皇帝，愕然的卡夫马瞠目结舌。昴慌忙挥手否定。当事人文森特见状，闭上一只眼睛，不发一语。

文森特的眼神看似惊讶，同时也在评估昴的价值。

和在巴德哈姆密林、修德拉格部落，还有瓜拉尔都市厅舍时，真正的亚伯看向昴的视线——性质完全一样。

“呃，总之，我们先……”

在昴身后，阿尔和米蒂安也屏住呼吸，观察事态发展。

昴那番震撼的谩骂，应该也让他们感受到巨大压力。大厅的气氛已经降到冰点，而且极度紧绷，再有一句失言就会粉碎散落吧。

早知道会这样，不如当场撤回给尤尔娜的传话，低头否认叛乱分子的身份，化身扫兴的小丑退场，也不失为好办法吧。

昴自暴自弃，翘起嘴角准备展现亲切笑容——却发现尤尔娜正盯着他看。

尤尔娜含住长烟斗，沉默地盯着昴的一举一动。

她的眼神让人捉摸不透，无法区分她到底是不是在留意昴。就像袅袅青烟般虚无缥缈，是想要抓住却转瞬即逝的幻影。

如果要确认那个幻影，只能趁现在了，昴直觉现在正是分水岭。

那是即将对昴他们失去兴趣的眼神，放下了就不会再被拿起。如果现在丢弃自己的想法，就不会再被采纳了——也就是说，昴他们再也得不到尤尔娜·米西格雷的协助。

这样一来，就相当于将无依无靠的胜利之路封闭在黑暗中。因此……

“用心回答。你想对余说什么？”

“我们——”

昴花了不止一拍的时间，才抬起头回答文森特的问话。

假皇帝眯起眼睛，一旁的卡夫马也将注意力集中在昴身上。身后的阿尔和米蒂安紧张感加剧，尤尔娜则是将含住的紫烟吸进肺里。

昴用余光观察周围的变化，然后凝视文森特，说道：

“正如尤尔娜大人所言，我们是来向您宣战的。”

没错，现在是不能退缩的局面，必须紧紧抓住不能让步的棋子。

在瓜拉尔等待自己回去的雷姆、不在场的亚伯、身后严阵以待的阿尔和米蒂安，都把判断权托付给了昴。

对于这个权力的意义和重要性，菜月昴必须正确理解，不能自暴自弃，为此……

被人当面宣战，文森特的黑瞳略显动摇。

昴看着文森特的反应，顿感唇干舌燥。这再正常不过了。毕竟眼前这位和失去实权的亚伯不同，是能够动用整个帝国当武器的皇帝。

实际上，如果文森特没有稍微举手制止，听到昴向皇帝说出造反言论，卡夫马早就激动地将昴置之死地了。

然而，那种事情没有发生。文森特阻止了卡夫马。

“呼……”

尤尔娜坐在上座俯视昴和文森特，喉咙轻轻颤动。

紫烟从她含笑的嘴角透出，只见她肩膀抖动，一副心情愉悦的模样。似乎昴赌上性命的宣战，至少起到了为她排解无聊的效果。

“笑什么，尤尔娜·米西格雷？”

“首先，客人没有把说出口的话收回。还有就是，说不定这三位会危及陛下的安危……您打算怎么应对呢？”

“狡猾的女子，以不服从余为信条的你，应该明白余的意思吧？”

面对尤尔娜挑衅的斜视，文森特表情毫无起伏。他维持扑克脸，黑瞳重新望向表明敌意的昴。

“这里是剑狼之国。拥有夺取皇帝首级的气概，才称得上是真正的帝国子民。”

“您可真温柔呀。”

昴出言揶揄，文森特“哼”了一声，一笑置之。

包括对昴的态度在内，文森特的举止完美复制了真皇帝。昴甚至觉得，就算亚伯在场，应对方式也会和他分毫不差。

“不过，余的首级可没有廉价到能被你们轻易取走。”

“那么，您打算怎么处置我们？”

“这是个问题。”

文森特制止了快要爆发的卡夫马，还认可了当面向皇帝表明敌意的昴等人。只不过在后来的对话中，他看向敌对分子的眼神依然冷冰冰的。

就算赏识气概，也没有理由对意图加害自己的人手下留情。

昴和文森特火热的视线相互交错，房间的空气被烧焦了。

“啊，奴家真是罪过的女子。看到男子们为得到奴家而你争我夺的场面，真叫人热血沸腾。”

“别说得事不关己一样……首先，那边女性比较多，‘男子们’的说法不对。”

昴和文森特互相瞪视之际，尤尔娜发表了十分不合时宜的感想，被焦躁的卡夫马指责。“呵呵。”对此，她颤动喉咙，好像在嘲笑对方。

她的反应让卡夫马的怒意越来越强烈。

“陛下！请向臣下令！将这干人等……”

“卡夫马啊，你这人真是，从刚刚开始就叽叽喳喳的。”

卡夫马对胶着的状态忍无可忍，尝试直接向文森特控诉。然而，打断他的不是文森特，也不是尤尔娜，而是其他人——是文森特带来的三名护卫之一。

“老夫认真地说，经过陛下的深思熟虑，大多数事情都能比我们想象中更圆满解决吧？那么，要是我们七嘴八舌，只会妨碍他。”

讲这话的是一位长着花白长发和眉毛，满脸皱纹的老人。

这是一个矮个子老人，无论是说话的语气还是内容，都浓缩了不好对付的感觉。他的外形给人留下十分深刻的印象，不知道为什么昴现在才注意到他——不，昴有看到他，只是没有意识到而已。

恐怕是因为他在真正意义上消除了自己的气息吧。

“可是，为陛下排忧解难也是忠臣的职责吧，奥尔巴特翁！”

“自称忠臣，听起来就像是因自作主张而被除掉的家伙在前半生会做的事。老夫可不想挖掉有前途的年轻人的脑袋。”

缓缓摇头的老人——被称为奥尔巴特的人物说完，便用手指挖耳朵。这个动作似乎让卡夫马感受到压力，脸颊变得僵硬。

然而，脸颊僵硬的不止卡夫马一个人，还有昴。

“奥尔巴特……翁……”

“哦？就是老夫，你认识？看来老夫是个名人。”

“嗯，既然您觉得自己是名人，那一定就是。”

昴颤抖嘴唇念出名字，当事人奥尔巴特如此回应昴。

对方看到昴吃惊的样子后给出了肯定的反应，那么这件事就不会有错。昴第一次听到奥尔巴特的名字是在瓜拉尔的都市厅舍，然后就是前往魔都的旅途中。

在今后攻陷帝国的过程中，昴一行人无法避免要来往的

“九神将”，其中一人是尤尔娜，还有——

“‘恶毒翁’奥尔巴特·丹克肯……”

“老夫不太喜欢这个绰号。听着就像骂人。老夫看起来像那种性格恶劣的老头子吗？算了，当面问的话，肯定说‘不像’吧。说不出口啦，咔咔咔、咔！”

老人张嘴大笑，虽然老态龙钟，却有一口整齐洁白的牙齿。

然而，昴实在笑不出来。他为了和尤尔娜谈判来到魔都，结果不仅遇到冒牌皇帝，对方还带上了奥尔巴特——这不就代表奥尔巴特已经加入假皇帝阵营了吗？

“阿拉基亚和奇夏，再加上奥尔巴特……”

意识到敌人的战略是优先拉拢排名靠前的“九神将”，昴陷入深深的苦恼中。不仅如此，除了未来的问题，眼前的形势也在加速恶化。

光是卡夫马就够难对付的了，现在又加上了“九神将”奥尔巴特，没想到真的会有这种雪上加霜的情况……

“那边的老爷爷，您还记得我吗？”

“你说什么？”

充满压迫感的大厅里，突然有一个声音冲击奥尔巴特的鼓膜。

声音的主人是探出身子的阿尔。他的举动吓得昴睁大眼睛。

“你突然说什么……现在可是一举一动都会被盯上和怀疑的情况呀?!”

“在这种情况下你还坚持扮演‘小夏美’，意志力真是太强了。不过，我也是有在思考的。不，也算不上思考……喂，老爷爷！是我啊，记得我吗，我啊！”

“简直就是装熟的诈骗伎俩……”

看到对方是老人，就以为这种诈骗话术可以用在他身上，这种想法也太轻率了吧。

话虽如此，实际上，听到阿尔向自己打招呼，奥尔巴特侧着身子喃喃道：

“嗯？哎呀，老夫不认识你这个怪人。你的外表很有特色，老夫虽然年纪大，但还不至于忘记。老夫和你，真的认识吗？”

“也许不到认识的程度，而且之前见面时我没有戴头盔。不过我当时已经只剩下一只手，我们还闲聊了一会儿。”

“和老夫交谈过的独臂男……”

“是啊，对了——当时阿拉基亚小姑娘也在。”

阿尔稍微压低声音，道出阿拉基亚的名字。她和奥尔巴特一样，是“九神将”之一，是害得昴等人焦头烂额的可怕少女。

昴对阿尔的话完全没有头绪，但奥尔巴特一听到阿尔的补充，就猛地抖动眉毛，兴奋地说道：

“哦！原来是你啊！和阿拉基亚一起夺回小岛的家伙！听你这么一说，外表确实挺像的。咔咔咔、咔，没想到你居然还活着！”

“对啊，活下来啦。多亏神明保佑！”

“那么，你为什么会变成陛下的敌人？当时应该在陛下面前给你美言几句，让陛下对你改观。老夫真失策。”

阿尔和放声大笑的奥尔巴特谈笑风生。

昴不知道二人过去一同经历了什么，只感到震惊。现在连事态是否好转都无法判断。

“奥尔巴特，是你的熟人吗？”

文森特向奥尔巴特询问，为昴的疑问画上了休止符。面对假皇帝抱着手臂的发问，老人回答道：

“对，正是。两三年前，陛下刚登基的时候，不是到处发生叛乱吗？”

“奥尔巴特翁，陛下登基已经是八年前的事了……”

“咦，不是才三年左右吗？坏了坏了，这十年里发生的事，对老夫来说感觉都是最近啊，一不留神就搞错了。”

“行了，继续说。八年前怎么了？”

每当奥尔巴特带偏话题时，文森特都把他引回正轨。顺着正题，奥尔巴特指向阿尔，说道：

“当时，基努海布发生叛乱……出手阻止的就是那个戴头盔的家伙和阿拉基亚。”

“哦。”

听奥尔巴特这么说，文森特第一次注意到阿尔。

虽然难以判断文森特对阿尔是善意还是恶意，但阿尔过去的所作所为似乎与“无礼讨”（**注：指身份低微的人冒犯了身份崇高的人而受到惩罚**）无关。

因此，阿尔上前一步，和昴并肩而站。

“诚惶诚恐，皇帝陛下。那边的奥尔巴特老爷爷应该很清楚……其实八年前，我曾为陛下立功，但仍未受赏。”

“当时那家伙说不需要。”

“奥尔巴特，闭嘴——小丑，你继续说。”

“希望今天，能领取赏赐。”

现场鸦雀无声，昴还以为大厅的空气凝固了。

阿尔胆壮气粗，在八年后的今天要求皇帝赏赐。而现在也确实值得在阿尔的厚脸皮程度和命运般的相遇上赌一把。

听了昴对自己宣战，假皇帝没有当场下令处决昴——对文森特来说，他有扮演佛拉基亚皇帝的理由和决心。

而且，如果亚伯说的是事实，那么他的人生信条里就包括了“赏罚分明”。既然如此……

“你希望得到什么？余的首级？”

“如果我说想要您就给我，那我岂不是以弱胜强了？不过，我没有勇气说这话。所以……”

阿尔边说边扭头看昴。察觉到阿尔的意图，昴从怀里拿出亲笔信——也就是他们到访红琉璃城的理由。

“我们的目的是将这封亲笔信交给尤尔娜大人。请容许我们交出信件，以作为对我的同伴的赏赐。”

“亲笔信吗？”

“是我们的……主人写给尤尔娜大人的情书。”

昴犹豫再三后说出“主人”二字，而说到后面内容时忍不住暗自嗤笑。

“呵呵。”听到是情书，坐在上座的尤尔娜忍俊不禁。这封信似乎唤起了她的兴趣。

文森特则眯细眼睛，思考了几秒后开口。

“虽然已经过了八年，但剑奴孤岛事件，你确实立大功了。”

“哦……”

“既然想要，余就给你赏赐吧。允许你将亲笔信交给尤尔娜·米西格雷。”

文森特用下颚示意尤尔娜。

昴需要花时间才能消化文森特发言的含义。不过，意识到这意味着阿尔的赌博获得胜利后，昴他们面面相觑。

这是一局定生死的豪赌，押注的阿尔做出了正确判断——

“只不过——”

“嗯？”

昴他们正要欢呼庆祝，文森特突然严厉地说。

回头一看，只见假皇帝的黑色眼眸中藏着深沉的阴影。

“余允许的只有递交亲笔信。知道这是什么意思吗？”

他又补充道。

听到这里，昴瞪大眼睛，立即咬牙回头，视线看向笑嘻嘻地观察事态发展的尤尔娜。

昴一行人的目标是交出亲笔信并得到她的回信。

“如果我们把亲笔信交给您，几时能收到尤尔娜大人的回复呢？”

“让奴家想想……”

尤尔娜听到昴这么问后，视线在虚空中游离了好一会儿。然后她倒转长烟斗，把烟灰倒在身旁的秃准备好的壶中。

“奴家也是女生……可不想被人看到一收到情书就心急打开的样子……所以……要等客人们离开奴家的城堡，再细细品读，之后再回信。”

“我们离开城堡后，您就会看吗？”

“奴家好歹是魔都的主人，不会当着仆人的面说谎。”

蓝色眼眸中蕴含的光芒，到底是诚意还是顽皮？昴不了解她，所以无从判断，可是现在已经没有其他方法了。

假设要求变更阿尔的赏赐内容，提出想平安离开这座城堡，文森特应该也会批准。

然而，这个方案就跟之前的一样，扼杀了与尤尔娜合作的可能性。也就是说……

“阿尔，米蒂安小姐。”

下定决心前，昴呼唤两名同行者的名字。

今后发生的事情和要做的事情，都需要二人的协助。那么，行动之前就应该先征得二人的同意。

昴转身回看二人，阿尔和米蒂安各自点点头。

“嗯，我说过要协助兄弟。”

“我也被哥哥拜托了！他让我好好照顾小夏美！”

阿尔侧着脑袋，米蒂安则坚定地回答。

昴从二人的答案里得到勇气，于是他也点头回应二人。

接着，昴缓缓走向大厅前方——走向坐在上座支着胳膊肘，叼着烟斗的尤尔娜。

让人着迷的美貌近在眼前，昴在甜腻的香气围绕下递上亲笔信。

“这是我们主人给您的亲笔信，请笑纳。”

“辛苦了。不过，接下来可是困难重重呢。”

“嗯，我们了解。”

尤尔娜用纤纤玉指接过亲笔信，含着笑意说出诅咒昴他们未来的话语。

对此，昴严肃回应，向后方转身。接着……

“皇帝陛下，诚惶诚恐，您的王座马上就是我们的囊中之物了。”

他面向皇帝，用比刚刚更浅显易懂的话语宣战。

3

瞬间，一连串戏剧性的事情发生了。

“真是口出狂言，无礼之徒们——”

听到昴的公开宣战后，卡夫马立即瞪大了眼睛。

在昴说出不敬无礼到极点的宣言后，卡夫马·伊鲁鲁克斯就运用自己的力量证明对皇帝的忠诚——卡夫马伸长两臂，上衣爆裂，生成无数荆棘刺向昴。

深绿色的荆棘犹如蜿蜒前行的蛇般向昴逼近，以压倒性的质量覆盖昴的整个视野。

整个平面施压的攻击让人无处可逃，每条荆棘的藤蔓上都有着和昴手臂差不多粗的针刺，是要将猎物勒毙，榨干猎物生命的致命招数。

完全不容昴反应的攻击，就像蛇吞鼠似的，荆棘轻易地将昴整个身体包裹住……

“说得不错，兄弟。”

昴做好了全身被荆棘贯穿，承受壮烈痛楚的心理准备。

意外的是，向浑身僵硬的昴袭来的并不是痛楚，而是被人往后拉倒摔在地上的冲击，以及挡在昴面前、用青龙刀抵挡荆棘的阿尔的话语。

阿尔让昴躲在自己背后，拔出宽厚大刀挡住敌人的攻击。由于无法完全防御，他的肩膀和侧腹渗出鲜血。

尽管如此，阿尔还是从压倒性的质量中保护了昴。

“米蒂安小姐呢?!”

“哇！好险，如果没有听阿尔亲的话，我已经死了！”

昴慌张回头，身旁拔出双刀的米蒂安大声回应昴。

只见她将双刀分别架在上方和下方，砍断了一部分从四面八方逼近的荆棘，还接下和践踏了另一部分，彻底挡住了攻击。

昴为她的真本领和平安无事的事实感到安心。但现在放心还太早了，毕竟，这只不过是第一波攻击——

“真是夸张的魔术。”

“唔……”

昴三人摆好阵势抵御攻击，在他们背后的尤尔娜同样也在荆棘的射程范围内。她保持接过亲笔信时的姿势，将禿拉进怀里，然后吐出紫烟。

她周围也有荆棘逼近的痕迹，但荆棘好像精准地避开了她，不自然地改变路径，形成了一面球形墙壁。

到底是卡夫马刻意避开，还是尤尔娜干的好事，昴无从推测……

“真抱歉打扰到您，我们先告辞了。”

“回去的路上要小心，要是三位出不了城堡……”

“您就不会读亲笔信。我知道了。”

尤尔娜再次用直白的话语解释，再愚钝的人也明白她的意图。这场战斗是文森特刻意推波助澜的——

“胜负的关键在于我们能否成功离开城堡。阿尔，米蒂安小姐！”

“我在！”“知道知道！”

“往右——”

听到坚定的回话后，昴放声大喊道。

两名同伴一听，马上理解了昴的判断，扬起三把刀。

独臂青龙刀和柔韧双刀气势如虹地劈开荆棘，砍飞阻挡视野和去路的荆棘，然后三个人的身影就飞出了那片绿意。

“你们以为逃得掉吗！”

然而，昴刚踏出第一步，拇指一样粗的针刺就擦过了昴的鼻尖。

与荆棘不同，这东西掠过视野的一瞬间，看起来就像白色骨片。这发攻击不是要牵制昴，而是要贯穿他的太阳穴。

要是没有阿尔及时拔刀干预刺针的飞行路径，昴的小命已经不保了。

“荆棘之后是针刺，他是魔术师吗?!”

“那人是‘虫笼族’，会用放入身体的虫子进行攻击。”

“真是各种奇人的展览会！”

进行着无意义的斗嘴的同时，昴在阿尔和米蒂安的掩护下前进。目的地是大厅的出口——并非如此。

要是礼貌地走来时的路，就会在卡夫马的猛烈攻击下沦为蜜蜂窝。也就是说，三人需要走近路，能大幅缩短路程的近路。因此……

TYPEFACE
WORDS

“米蒂安小姐！”

“在！”

“请加油!!”

“我会加油的!!”

听到昂的鼓励，不夸张地说，米蒂安全身瞬间充满力量，气势变得更强了。

长发迎风飘拂，她挥舞着手中的蛮刀，气势汹汹地打掉从复杂离奇的方向涌来的荆棘。

当然，米蒂安本人的本领不容小觑，但除此之外……

“右膝！后颈！性感的腰肢!!”

“呜！嗒！看招！”

阿尔扯着喉咙呐喊，把荆棘的攻击目标告诉米蒂安。米蒂安则瞬间应对，成功在被击中之前挡住和扫掉荆棘刺针。

阿尔的预见能力到底有多高呢？和阿拉基亚对战时，阿尔也发挥了高超的生存能力。不仅是自己，这个能力似乎也能在其他人身上发挥。

受到这种能力的眷顾，米蒂安到达了大厅的角落。她挥刀破坏木栅栏，纵身一跃以长腿踢飞墙壁。

眼下，距离地面三十米以上的天守阁大厅敞开，整个视野里是一望无际的魔都蓝天，还有粗鲁地迎接三人的狂风。尽管算不上听天由命……

“只要离开城堡——”

尤尔娜拿着亲笔信。

既然接受了这个条件，到这一步文森特他们应该不会再攻击三人了。只不过恐怕、大概、也许没有对这种约定进行明文规定。

然而，既然没有其他可以相信的，这就是唯一的办法——

“小夏美！”

听到打破墙壁的米蒂安吆喝，昴不顾一切全力飞奔。

幸好没有犯迷糊穿裙子过来。好险，差点就要因穿女装而一命呜呼了。在最后关头，昴甚至顾不上摆表情，他用力蹬地，几乎要把地板踏出洞来。然后追随米蒂安，和她一样穿过墙壁到达外头——

“不好意思，老夫也要露两手。”

“喀……”

瞬间，老人出现在昴和米蒂安跟前，使出一招贯手（**注：空手道中，用指尖击打对手喉咙等部位的技巧**）打在二人的胸口上。

昴的胸膛受到重击后感觉透不过气。迎面吃了“九神将”的一击，昴的意识出现裂痕，似乎会裂成碎片散落一地。

出乎意料的是——

“小夏美！什么事也没有！”

“咦?!”

有谁在旁边大声呼喊，差点失去意识的昴这才回过神来。他慌张地俯视自己的胸口，没有看到被奥尔巴特的贯手击打的伤痕。

既没有流血，也没有在不出血的情况下被掏出心脏的迹象。

“要走咯——小夏美！注意不要咬到舌头!!”

昴乱成一团，米蒂安一把抓住他的衣领，大步跨过墙上的破洞。就这样，她毫不犹豫地跳到红琉璃城外面——接着开始下坠。

“呀啊啊啊——”

昴高声惨叫，抱紧米蒂安，同时在自己的腰间摸索。摸到熟悉的触感后便将其一把抽出，在半空中甩动鞭子。

虽然没有十足把握，但不管是尤尔娜的挑衅，还是向文森特宣战，再加上与卡夫马以及奥尔巴特的攻防战，昴他们一直在赌博。

好不容易才全部赌赢，也只能相信最后关头也会得到幸运女神眷顾——

“缠住了——好痛!!”

昴抱住米蒂安的纤腰，挥动手腕甩出鞭子。他并不是朝着虚空甩动，而是甩向了在魔都各处延伸的一根脚架——犹如蜘蛛网般架在都市各处的脚架，甚至延伸到红琉璃城的外墙。

只要用鞭子缠住脚架，降落在城堡外时就有了落脚点。这是昴在混乱的大厅里绞尽脑汁想出来的最优解了。

“唔！”

手臂传来鞭子缠住脚架的触感，昴用尽九牛二虎之力把鞭子绕在手腕上。这样就算握力不足，最坏的情况就是用骨折的手腕支撑身体。还有就是……

“阿尔……呀?!”

“不好意思！”

在拉紧鞭子的瞬间，阿尔猛地撞上了昴的后背。看来他也和二人一样，成功跳到城堡外头了。

在空中实现了热烈的会合后，三人就这样紧紧抱住彼此，将超过两百公斤的重量压在昴的一条手臂上，呈悬吊状态。

“咕嘎啊啊啊啊——”

手腕、手臂、手肘、肩膀，昴本人发出尖叫，代替整只右手哀号。他们的身体以红琉璃城外的一根柱梁为圆心，勾勒出弧形。

最好的办法是安静地等待反作用力消失，然后每个人依次顺着鞭子爬到脚架上。但衡量这种方法所需的时间和右臂废掉的风险后，昴咬紧牙关——

“啊。”

就在他把全身力量汇聚在一起的瞬间，阿尔和米蒂安不约而同地大喊。

还没等他确认情况，压在昴右臂上的重量就消失了。不对，正确来说不是重量消失，而是被鞭子缠上的脚架断裂了。

从天守阁的破墙伸出的荆棘，以其凶猛的质量压断了脚架。

“呜啊啊啊啊啊——”

伴随着绵延的惨叫声，缠在一起的三人飞舞在空中，然后在鞭子缠住脚架的反作用力推动下，三人呈抛物线轨迹飞了出去。

虽然比从天守阁跳下来要好，但从高度二十米以上的地方摔下，身体构造只是平常人的昴和阿尔必死无疑。

昴一边高声哀号，一边寻找解决办法。他的脑海里依次浮现出爱蜜莉雅、碧翠丝和雷姆的脸……

——在一阵巨响中，缠在一块儿的三人冲破屋顶，掉进了城镇马厩的干草堆里。

4

从墙壁上开出的大洞向外张望，卡夫马咬牙切齿，气得嘴唇歪斜。

在他身下，狂风呼啸中尘土飞扬，他注视着顺利逃离大厅的三人的身影消失在一座建筑物中——再也看不见逃亡者的踪迹。

脚架发出碎裂声后坍塌，不过，如果要把击毙无礼之徒的期望寄托在碎片上，在距离上稍微有点不切实际。然而——

“绝对不会放过你们。无论如何，要让你们受到对陛下不敬的惩罚……”

“喂喂，这可不行。他们不是用光手上的牌才逃掉的吗？

如果我们出尔反尔，道理可讲不通啊。”

“奥尔巴特翁！”

想追逃亡者却被人阻止，卡夫马咬牙切齿地转身。被他盯着的矮个子老人耸耸肩，说道:“哎哟，好可怕。”

“话说回来，为什么要眼睁睁放过他们！如果您出手，瞬间就能制服他们了！”

“这个意见不也适用在你身上吗？还有，老夫可没偷懒。那个戴头盔的年轻人，运用了奇妙的小把戏。”

“感觉那个人也没有很年轻就是了。”

“先不说这个。基本上，在老夫眼里，大多数家伙都是刚会走路的小鬼。事实就是这样。在你出生的时候，老夫就是个老头子了。”

奥尔巴特指着自己，边说边笑，遍布皱纹的面部笑得扭曲起来。卡夫马还想挑剔这轻浮的态度，不过奥尔巴特比他早一步继续刚刚的话题。

“还有，你可能忘了，但老夫可得同时警惕着那边的狐女。谁知道她什么时候会对陛下露出獠牙。”

“尤尔娜一将……确实，是我疏忽了。”

“咔咔咔、咔，知道就好。”

被指出失误后，卡夫马沮丧地低下头，似乎在为一时冲动的自己感到羞愧。看着青年和老人对话，被点名为危险人物的尤尔娜手扶眼角。

“日子真不好过，奴家如此弱小的女子，居然被说成危险的洪水猛兽……奴家这辈子都不曾承受过此等侮辱。”

“还好意思说！”

不仅装哭还指桑骂槐，卡夫马将愤怒的矛头对准尤尔娜。然而，尤尔娜只是用“呵呵”一笑来回应他的视线，然后轻轻放下手，顺势把长烟斗往嘴边送，吸了一大口紫烟进肺部，又大口吐出。烟雾缓缓飘向墙壁的大洞。

飘啊飘，当袅袅紫烟飘到大洞时，惊人的变化出现了。

如同幻象一般，紫烟缓慢地修补着被破坏的墙壁。

坍塌的红琉璃城外墙，开了大洞的位置所用的木材蠢蠢欲动，像生物伤口愈合般逐渐恢复原状。与其说是无机物，感觉更像生物，既神奇又不可名状。

“这样就完全恢复原状了……您也不要生气了。”

“这是……尤尔娜一将的……”

“这就是不能随便对魔都出手的原因……不过，这女子的危险性可不止这么简单。”

完成外墙修补后，尤尔娜故作优雅地露出微笑。卡夫马见状，倒吸一口凉气。

而给他的战栗雪上加霜的，是在刚刚的骚乱中纹丝不动的文森特。站在帝国顶点的男子瞥了瞥墙壁，然后把焦点放在尤尔娜身上。

“那些人已经离开城堡。满足了余和你提出的条件。”

“是的，您说得没错。如此一来，如果奴家和陛下说话不算话，多少会有损名声。陛下，您应该知道这个道理吧？当然，奴家也会尊重陛下的想法。但是，请不要忘记……”

说到这里，从始至终都以失礼的态度对待皇帝的魔都之主尤尔娜·米西格雷凝望沉默的文森特，笑着说道：

“这里是魔都，是奴家的都城——就连那个蓝色小鬼的刀，也碰不到奴家分毫。”

就算以魔都之主身份发表这番宣言非常合理，但当着皇帝的面说就不合适了。

帝国的每寸土地都在佛拉基亚皇帝的统治之下，哪怕只是一座都市。她这种彰显自己的统治权凌驾于皇帝的行为，已经超越了无礼的范围。

然而，尤尔娜·米西格雷没说错。姑且不谈这番话的好坏，她说的都是公认的事实。在这座魔都卡欧斯福莱姆里，尤尔娜·米西格雷拥有绝对的权力。因此——

“给你一个晚上的时间。”

如果认为这是佛拉基亚皇帝的败北，那未免也太不了解这位皇帝的深谋远虑了。不过，皇帝在黑瞳深处策划的种种谋略，即便是皇帝的近身侍卫，也无法轻易察觉。

只能相信，文森特所说的话都遵循正确道理。

“感谢皇恩。如此一来，奴家就有时间慢慢斟酌回信了。”

只有措辞得体，态度和表情看不出一丝恭敬的意思，尤尔娜得到文森特许可后如此回答道。

既然文森特已经批准，这个话题就不允许被再次提起了。

“不过，您的态度让我无法忍受。这点我会一直反复强调。”

“呵呵。被这么可怕的眼神盯着，奴家会止不住颤抖。奥尔巴特翁，您想想办法吧？”

“怎么牵连到老夫身上了？年轻人应该温柔对待老夫，这是义务。哎呀，该不会找到了能从大多数人身上剥夺善意的最强理由吧？老夫的时代要来了。”

“奥尔巴特翁！”

面对奥尔巴特的和稀泥，卡夫马毫不掩饰地愤怒大喊。

袅袅紫烟摇曳着从烟斗冒出，尤尔娜边笑边眺望斗嘴的二人。看着“将”们的模样，文森特眯缝着眼睛，轻声嗤之以鼻。

而后，皇帝回头，看向随行的最后一人——和卡夫马及奥尔巴特不一样，他的动静甚至比文森特还少。

“话真少。不是你的作风。”

“是啊。只是，有个见了面就会很麻烦的人在。”

一个夹杂着苦笑的年轻男声回答道。

男子从头套着蓝色长袍，遮住脸不让周围看到。虽然男子平时也是这副打扮，但现在把长袍的衣领部分系得更紧，似乎与在场的客人有关。而且，还是不希望再见面的客人。

“我啊，在魔都里就是一枚贝壳——这似乎也是星星的期望。”

“星星的期望吗？真无聊。”

“直接说无聊，真是一点都不客气。”

缩起脖子的男子，对文森特无情的话语露出苦笑。男子一边苦笑，一边继续说道：

“如果陛下真的轻视星星的期望，我想您不会专程来这里。”

“愚蠢，你以为你了解余内心的想法吗？”

“不敢。”

文森特抱着手臂，降低音调。

见状，男子把身体缩得更小了。

接着，文森特的视线离开了男子——即“星咏”，眯起眼睛看向已经被修补好的墙壁后方，三名叛乱分子消失的空中。随后……

“星星的期望什么的，无聊透顶。”

没有人听到他的小声呢喃，只是短暂停留在他的嘴里，然后消失。

5

“咳咳！咳咳！唠……”

在弥漫的沙尘笼罩下，昴一边咳嗽，一边拼命让肺部工作。

他的背部和腿似乎受到了强烈撞击，但伤势没有太严重，真是奇迹。看到坍塌的脚架和建筑物碎片散落一地的惨状，他不禁脸色发白，感慨死里逃生般的幸运。

“现在不是说这话的时候……米蒂安小姐！阿尔！”

“我……我在这里……好疼，好疼啊！”

昴甩了甩脑袋，呼唤本来和自己在一起的二人的名字。听到身旁的瓦砾堆底下有声音回应他，他连忙推开瓦砾，把要找的人拉了出来。

被埋的米蒂安“咳咳”咳了几下，眨巴着眼睛。

“哇——我还以为会死！小夏美没事吧？”

“没有大碍。多亏米蒂安小姐和阿尔保护我……米蒂安小姐有受伤吗？觉得哪里疼吗？”

“呀呀呀，好痒——没事没事！我很精神！”

昴想确认米蒂安有没有伤到肩膀和后背，不过她扭来扭去，还推了昴的假胸一把。

她不是逞强或说谎，似乎也没有明显的外伤。昴刚想感叹二人运气都好得惊人时——

“阿尔呢——”

昴环顾四周，想要寻找没有回应的阿尔。

沙尘消散，视野总算变得清晰，原来三人掉进了空马厩。红琉璃城后方的建筑物，似乎是堆放干草的仓库，这些干草专供疾风马使用。

幸好干草起到缓冲效果，他们才免于凄惨摔死。

“找到了！阿尔亲！”

在昴环顾昏暗室内时，身旁的米蒂安喊道。

她指着一辆被掉落时的冲击撞翻的货车。干草散落在马厩的地板上，二人连忙过去营救在干草下蠕动的物体。

不久，从草堆下伸出一只粗手臂，二人一口气把它拉上来……

“好痛！右手也要断掉啦！”

“一点也不好笑！”

“不过，阿尔亲也活下来了！真厉害！”

昴毫不留情地指责乱开玩笑的阿尔，米蒂安的话语却让昴感到安心。

阿尔被二人从干草堆里拔出来，显得狼狈不堪。和奇迹般地只有撞伤和擦伤的昴和米蒂安不同，阿尔全身有许多撕裂伤和青黑色的瘀痕。

他挡住了卡夫马的荆棘，牵制住奥尔巴特为二人争取了时间。最后，飞扑到昴他们身上时，他的位置也是最容易受到敌人追击的。

——他所受的每一处伤，本来都应该由昴他们承受。

“喂喂，怎么一脸发愁，兄弟？”

“因为……”

“你摆出这副表情，我背上的伤会难过的。这是剑士之耻吧？”

阿尔懒洋洋地转动肩膀，同时用歪理鼓励昴。

他的态度让昴屏住呼吸，然后马上点头回答：“你说的有道理。”

阿尔飘忽不定，对任何事都一副事不关己的态度，然而在至今为止的所有攻防战中展现的英姿，都是源于对昴的诚意。

他对昴的目的产生共鸣，并答应协助他，为此连拼上性命的战争都奉陪到底。这就是阿尔这个男子的作风。

“我一直误会你了。”

“嗯？”

“我以为你总是飘忽而随意，做任何事都不认真，是个靠不住的人。”

“喂喂。”

“但是，你为了我不惜拼上性命。我绝对不会忘记。”

昴用手贴住假胸部，将真正的决心告诉阿尔。

如果没有他，这一刻的菜月昴早就命丧黄泉。因此，未来菜月昴战斗时，会将阿尔的恩情铭记于心。就算下一个瞬间，生命迎来终结——

“小夏美，阿尔亲，再磨磨蹭蹭的话……”

“嗯，我知道。不能让阿尔白白牺牲。”

“我才没有牺牲！”

在米蒂安的催促下，用袖子擦脸的昴强而有力地回应。

尽管侥幸避免摔死，但还没到放心的时候。目前固然达成了尤尔娜和文森特提出的条件，但卡夫马和奥尔巴特是否会就此收手，昴没有十足把握。

“我们马上出去吧。躲起来，等待那边的答案……”

“——无须担心。”

“咦?!”

搀扶着阿尔，正准备出去时，有人向三人搭话。

昴吓得放开手，害得本来被他搀扶住的阿尔摔了个四脚朝天，连连惨叫。只是，现在已经顾不上他了。

昴现在必须和站在马厩入口注视着三人的人物对峙。

“你是……”

“抱歉，忘了自我介绍。我是尤尔娜·米西格雷大人的随从，名叫檀座。”

说完，她毕恭毕敬地鞠躬。身穿合服，具有鹿角特征的人物——是尤尔娜身旁的鹿人女孩。

自称檀座的少女慢慢抬头，和站在前头保护昴他们的米蒂安对峙，接着摇摇头。

“请不必警戒。我不会伤害各位。”

“真的吗？可是，我们把这里和城堡外墙都弄坏了。”

“城堡和马厩，尤尔娜大人都会修好。尤尔娜大人已经认可各位为使者，所以不准任何人对各位出手。”

为了消除米蒂安的不安，檀座补充说明。听了她的话，米蒂安感到安心，绷紧的眉头也放松下来，昴则与之相反。

尤尔娜会修理墙壁和马厩先放在一边，最后那句话才是关键。

“什么不准任何人出手，我们可是被打趴了。刚刚在场的人是皇帝陛下，以为我们不知道吗？”

被米蒂安挡在背后会显得不成体统，于是昴站到她身旁。而檀座的灰色眼睛一直盯着走上前去的昴。

少女有着一张可爱脸蛋，然而看不到感情起伏。身为秃，必须亲切殷勤，可她给人的感觉却像是会说话的人偶。

“我们是有可能对皇帝陛下造成很大伤害的人……随从们会放过我们吗？你刚才说尤尔娜大人不允许他们追究？”

“是的。在魔都，任何人都不能违抗尤尔娜大人。文森特大人也知道这点。所以……”

檀座语气平淡，十分有把握地给出答案。岂料她话说到一半就停了下来，昴傻了眼，看着她指向天花板。

从被破坏的马厩天花板往上看，可以看到庄严华丽的红琉璃城。不过，她指的并不是城堡。

“那些护卫没有追上来……似乎可以相信你说的尤尔娜大人的强制力量。”

“文森特大人也回去了。至于回信，明天会为您送上。”

“我知道了。”

“那么，路上请多加小心。”

昴叹气回答后，檀座鞠了一个躬，随即背对三人。

圆满完成最基本而必要的工作后，接下来她应该要回去尤尔娜那里吧。这时，昴突然叫住准备离开的背影：“檀座小姐。”

檀座停下脚步，回过头来。昴看着仿佛人偶似的扑克脸，说道：

“对你来说，尤尔娜大人是怎样的人？”

昴把握不了尤尔娜在自己内心的形象，于是提出问题。

既然不知道他是赝品，那么尤尔娜对待文森特的态度，应该就和对待真皇帝亚伯一样。昴曾想过，尤尔娜那种超越了不敬和无礼范围的态度，却只因为她实力强大，皇帝就视而不见，对其他人来说是坏榜样。昴很想知道她为什么采取这种态度。

尤尔娜对亚伯的感情，到底是亲昵热爱还是敌对愤恨呢？

既然希望她成为同伴，就必须了解。因此——

“你一直在旁伺候她，所以我想听听你的想法。请告诉我你对尤尔娜·米西格雷大人的印象。”

“她是深情的人，爱护同伴，憎恨敌人——是与魔都共生的所有物体的恋人。”

檀座毫不含糊地回答，眼里第一次掠过淡淡的感情。

转瞬即逝的感情，在昴看来溢出了些许热度，因而昴没有继续追问，只能无言目送女孩的背影离去。

要问昴是否得到了想要的答案，那是没有的。

昴只是越来越觉得尤尔娜是一个捉摸不透的人。他不觉得檀座说谎，可也无法轻信尤尔娜是檀座口中的深情之人。

结果，自从来到魔都，昴他们就一直被肆意愚弄。

“哎呀哎呀，她走了……我们要怎么办？”

“现在也没有别的办法，只能回去了。现在能做的只有相信檀座小姐的口信，等待明天回信了。”

檀座离开后，昴重新扶起一屁股跌坐在马厩的阿尔。

咬牙支撑着阿尔整个人，昴再次仰望红琉璃城。

“夺目的华丽城堡……这也是‘极彩色’的一环吗？”

昴嘀咕着，理解到刚刚檀座说的话是真的。

蓝色中混入红色，色彩搭配复杂离奇的城堡。本来昴他们天守阁上开了个大洞，现在无论再怎么仔细看也找不到，那个大洞消失得无影无踪。

6

“是吗，那人来了吗？”

“除此之外就没有别的话要说吗？比如不好意思或者对不起之类的。”

昴连滚带爬回到旅馆，向亚伯汇报送信之行的来龙去脉。结果对方的第一句话就让昴十分不满地皱起脸，愤怒地凑近脸质问亚伯。

戴着鬼面具的亚伯一脸嫌弃地用手掌把昴的额头推回去。

“为什么我必须道歉？你们做得很好，立大功了，我正打算给予赞美。”

“给予赞美！什么是给予啊！这种说法就是在小看人！不用你赞赏，我们只是做了必要的事情罢了。对吧，阿尔！”

“不要把我拖下水，放过我吧。”

昴气势十足地向不服气的亚伯抗议，并向阿尔求援。塔里塔帮阿尔包扎伤口后，阿尔就成了绷带男，他只是轻轻地摆摆手回应。

黑色头盔再加上全身绷带，这身打扮的超现实感似乎没有上限。

“幸好夏美和米蒂安平安无事。我本来也应该同行，一直在担心你们。”

“喂，你听见了吧？这才是正确反应。身为皇帝，你也应该学习一下继承族长之位的塔里塔小姐吧？”

“请别这么说，我会死的……”

听昴讲述当权者应当具备的思想境界，被指名为榜样的塔里塔脸色变得苍白，不断摇头。

塔里塔表现得诚惶诚恐，昴觉得十分遗憾。难道就没有能惩罚亚伯的合适人选吗？

这种时候只能利用他人为自己出头，真没出息。

“呜——啊呜——”

“啊！小鲁伊，不能这样！小夏美他们在谈重要的事情呢！”

扰乱昴思绪的是来自隔壁房间的尖叫声。

扭头一看，只见鲁伊和米蒂安正在两间房之间的门前搏斗。当然，鲁伊完全不是米蒂安的对手，就像大人和小孩玩相扑。

鲁伊很快就被扛起，再次消失在对面的房间里。

“啊——呜——”

“真是的，怎么回事。我一回来她就围在我身边转。”

“总觉得她最想亲近的应该就是兄弟吧。她连看都不看我。不过我也不希望她黏着我。”

听了昴的叹息，一身拙劣万圣节打扮的阿尔发牢骚道。一旁的塔里塔则心满意足地擦擦额头，她的审美也真让人不敢恭维。如果爱蜜莉雅和碧翠丝在场，二人一定会和塔里塔展开一场融洽却又激烈的竞争。

一想起她们，昴又差点被思念压垮。不，昴想念的不仅她们，还有在异国的其他人。

自从昴被轰飞到佛拉基亚，已经过了差不多二十天。

有碧翠丝和拉姆在，大家应该知道昴他们没有生命危险。可除此之外没有任何情报，她们也会担心吧。

要尽快开拓出和爱蜜莉雅她们会合的道路。

“偏偏这个面具男不肯说关键的事情……”

“哼，指着我说我是面具男，那么你们呢？愚昧之徒和小丑？”

“我们就好像穿了拙劣的万圣节打扮啦。”

阿尔完全读懂了刚刚昴的内心所想。听了阿尔的话和亚伯的挑刺，昴不甘心得直咬牙。

昴的女装从始至终都是为了大伙的实际利益，不希望被相提并论。

“总之！我们在城堡见到了尤尔娜小姐，也见到了皇帝一行人……那人就是你的替身吧？”

昴拍拍手，强行将话题拉回正轨。

他强行地转换话题后，戴着鬼面具的亚伯点头肯定：

“没错。外表相似的人有很多，不过能做到神似的就只有一人——奇夏·金。”

“奇夏·金……是‘九神将’吧。绰号好像是‘白蜘蛛’？”

“没错，聪慧过人，擅长指挥大军。而且……”

“是第一个背叛小亚伯的人。”

阿尔替亚伯做了最后的补充，坐在床上的亚伯则沉默地表示肯定。

对方是第一个背叛皇帝的“九神将”，同时也是亚伯最信任的人。那个人成为亚伯的替身——不，他完全取代亚伯，坐上了皇帝宝座。

“奇夏……你觉得冒牌皇帝来魔都的目的是什么？”

“那家伙也知道和我战斗获胜所需的条件。”

“那么，他们果然是要来邀请尤尔娜·米西格雷加入？”

“这不太可能。尤尔娜·米西格雷……她不会轻易被说服或者接受谈判，奇夏那家伙不至于连这点都想不到。”

“那么，他们来干什么？”

“这还用问吗——当然是判断我会来魔都。”

听了亚伯的回答，昴不懂他的意思，头上冒出问号。

同样感到困惑的阿尔则举起手说：

“小亚伯，你的意思是那个假皇帝预料到小亚伯会来卡欧斯福莱姆？你这话是认真的？如果是的话，岂不是很不妙吗？”

“那人能非常精准地猜测到我的想法。说起来，从王座传送到的地点，攻略城郭都市的流程，还有‘九神将’的配置……很容易就能锁定魔都为关键地点。”

“他就是知道才会……不对，难道说！”

昴正在消化亚伯平淡的叙述，突然睁大眼睛。

“你早就猜到我们会和假皇帝碰面吗？为了避免直接碰面，所以才一个人留在旅馆……”

“蠢货。我做这种事情有什么意义。轻率地减少手上棋子，就算能取胜的棋局，胜算也会降低。”

“你说的也有道理。”

只有一个地方说不通，那就是亚伯主动采取对自己不利的方法。

这是最大而且是唯一的问题，如果不能反驳这个问题，一切都是性格恶劣的亚伯的阴谋——昴的这个想法就只能如字面一样解释为阴谋论了。

无论如何……

“那么！回归正题，到底是怎么回事？假皇帝明知尤尔娜不会加入他那边阵营，但因为你会来，所以才出现在魔都……”

“先发制人，如果文森特·佛拉基亚和尤尔娜·米西格雷谈不拢，你认为后来出现的我能轻松进入红琉璃城的天守阁吗？”

“啊——原来如此……怎么说呢，真是个诡计多端的家伙啊。”

这下就说得通了，阿尔点头，昴也无言表示同意。

亚伯的意图终于传达给了昴。也就是说，文森特既不打算和尤尔娜为敌，也不打算说服她加入，只是要让她成为无效票。

为此，他亲自跑到城堡，计划给皇帝和尤尔娜的谈判决裂来一记致命性打击。

“那么，要是我们晚一天到达的话……”

“他的计谋就会得逞。所以我不是说了吗，你们立大功了。”

昴睁大眼睛，目不转睛盯住亚伯。

也就是说，刚才说的话是他发自内心的慰问吗？要真如此，他真是最不懂夸部下的上司了吧。

“我真的很努力了呢……当然还有阿尔和米蒂安小姐！”

“哦？嗯嗯，是啊。我们都很努力了！”

“是啊——小夏美的口齿可伶俐了，真的好帅！”

一起跨越生死，变得团结一心的三人互相称赞。被排除在同伴之外的塔里塔显得有点寂寞，昴觉得她有点可怜，但对亚伯没有这种感觉。

“只不过，有很多事希望你能提前告诉我们。例如，尤尔娜小姐根本不恨你。”

“啊，我也觉得这点必须提前说一下。拜托了，小亚伯。虽然生来就是美男子也是无可奈何，但至少要缴一下帅哥税。”

“我根本不懂你在说什么，小丑。还有，你也搞错了。”

“搞错什么了，我们可是看到实际互动的场面。”

虽然看到了尤尔娜和文森特的实际互动，但她向亚伯投去的挑逗、魅惑的眼神也是事实。

不料，面对昴和阿尔的追问，亚伯深深叹息：

“尤尔娜·米西格雷倾心的对象不是我，而是佛拉基亚皇帝。”

“那不就是你吗？事到如今，你该不是要告诉我们，自己才是冒牌货，那个皇帝才是真皇帝吧？”

“蠢货。不要只按表面意思理解。我确实是佛拉基亚皇帝，但佛拉基亚皇帝并不意味着我一人。过去和未来，都存在佛拉基亚皇帝。”

听亚伯进一步解释后，昴睁大眼睛。身旁的阿尔也发出诧异的声音：

“也就是说，小尤尔娜的目的是小亚伯的金钱和地位吗？”

“她也没说详细情况，但基本上可以这么理解。她想要的是帝国之巅……佛拉基亚皇帝的宠妃之位。不是我也可以。”

“感觉你有点可怜呢。”

“那只是你自己的感想，不要随便怜悯我。”

从某种意义来说，她已经决定好了恋爱条件。

皇帝的宠妃——也就是说，尤尔娜的目的应该是成为皇后。确实，如果坐上皇后之位，就算不成为皇帝，也能在权力上和财力上支配帝国。

只统治魔都卡欧斯福莱姆，无法满足那个美艳狐人的贪欲。

“如果照您刚刚这么说，那么信上写了什么呢？”塔里塔问。

“嗯，估计就是如果站到我们这边，就娶你当皇后之类的吧？这是最快捷的方法，况且她又是美女。”

“虽然是美女，但对照之下要弥补的缺点也太多了，处理起来会很辛苦……”

如果是美女，多少可以容忍任性和性格恶劣的问题，但也是有限度的。普莉希拉和尤尔娜绝对是大美女，可昴并不想娶她们当老婆。怕是不管有多少条命都不够用。

“我不打算告诉你们亲笔信的内容。不过，回信不会辜负你们的期待。只有这一点我能打保证。”

“保证也是要在信赖的基础上才成立……啊啊，不，没事了。说了也白费，还是不说了，算了！”

昴拍拍双手，强行结束这个话题。

亚伯不接受这个结果，他露出不服气的眼神，结果昴马上展开新话题，并看向阿尔。

“对了，在场有个叫作‘奥尔巴特’的‘九神将’吧。就是那个‘恶毒翁’。”

“对，我也见过很多麻烦的家伙，但在那些人之中他属于非常不好对付的那一类。”

“我觉得那个难对付的老人，已经被拉拢到对方阵营了。这样一来，除了阿拉基亚和奇夏，还有第三个人站到对方那边了。”

如果要获胜，就必须拉拢过半数“九神将”，也就是五名以上。

不幸的是，在昴他们还搞不懂第一人的想法时，对方已经凑齐了三名“九神将”。

顺带一提，奥尔巴特是“叁”，奇夏是“肆”，完美地独占了排名靠前的“九神将”。

“有这种忧虑也正常，但不至于是这个情况。奥尔巴特应该没有加入对方阵营。他现在只是以‘九神将’身份，遵从皇帝的命令。”

“根据呢？”

“奥尔巴特·丹克肯也是个难以捉摸的男子。如果是阿拉基亚，利用花言巧语总有办法调动她，不过要笼络奥尔巴特可没有那么简单。”

“这不就意味着你也无法掌控所有‘九神将’吗……”

换句话说，因为是自己无法掌控的人，所以自己的替身自然也无能为力。

这不是什么值得高兴的事情，昴反而对未来感到不安。

“那么，那名叫奥尔巴特的老人，有可能成为我们的同伴吗？”

“当然，要上谈判席就得有相应的筹码。他也是个狡诈的老狐狸。他会根据情况，衡量站在哪一边对自己有利。”

“对了，阿尔跟他认识吧？你们关系怎么样？”

如果要和奥尔巴特谈判，昴认为最适合的人选就是阿尔。

从他和奥尔巴特在天守阁的对话中，昴看到了这种可能性。

“是叫剑奴孤岛吗？阿尔解决了那里发生的事件，还立了大功……”

“嗯，没错没错。不过也不是什么值得特别一提的大事。八年前，我还是佛拉基亚的剑奴，被卷入了岛上发生的叛乱事件。岛上的剑奴抓了来观看死斗的上级伯爵当人质，我就要求他们释放人质。”

“听起来很严重……是阿尔解决的吗？”

“严格来说是我，还有当时还是小妹妹的阿拉基亚姑娘，以及本来是人质的上级伯爵……详细情况以后再说吧。”

讲到后半部分时，阿尔含糊其词，不好意思地挠了挠脖子。这件事似乎难以启齿，但就算去掉被隐藏的细节，也能知道大概情况。

剑奴孤岛的叛乱和八年后的奖赏。阿尔利用了这两件事，帮昴等人达成目的。

阿尔赌上自己的性命，一心想要协助昴。

“没想到成了这么壮大的伏笔。要感谢当时筋疲力尽的我。”

阿尔心情愉悦，放声大笑，似乎是不想让昴再有心理负担。

面对阿尔的体贴，昴万分感激。

“原来如此。”这时，亚伯点头，表示理解。亚伯捏着鬼面具的下颚，轻轻揭开面具，露出真面目。

“我曾听说在剑奴孤岛上工作的剑奴，帮忙平定我登基后发生的动乱。也听说过他不要求奖赏……原来就是你，小丑。”

“好像是。话说回来，这件事传到皇帝耳朵里甚至还被牢牢记住，才更吓人。旅行时讲的俏皮话似乎也会被全部记住。”

“你立大功了——我一定会报答你的功劳，不管发生什么事。”

“哦……”

露出真面目的亚伯语气很沉重，其中还蕴含着难以动摇的真挚。

赏罚分明，亚伯的这个信条又展现出他作为皇帝的一面。亚伯的帝王哲学不允许出现立下功劳却不求褒奖的人。

阿尔这次估计也难逃接受奖赏的命运了。

“不管怎样，既然亲笔信已经交出去了，现在只能等候明天的回复。”

“确实是这样。我们这边已经没有什么事情可以做了……姑且从尤尔娜小姐的随从那里得知，尤尔娜小姐不会让假皇帝一行人出手。”

“既然是尤尔娜·米西格雷说的话，就不用怀疑。”

檀座传达了一行人安全得到保障的情报，亚伯也毫不犹豫地相信了。其中似乎还隐藏着亚伯没有说，而昴他们不知道的事情。

“就算我让你告诉我们……”

“决定是否给予情报的选择权在我手上。你能得到的，是那些被你得到了也无妨的情报——至少，现在暂时如此。”

“现在暂时……是吗？”

瞬间，昴恢复了平常的语气，暗自和内心产生的不和情感和解。

要把亚伯这句话认定为他态度不配合是很简单的。可是，亚伯本人也不希望输。就像昴会尽力做到最好一样，亚伯也同样会这么做。

只是亚伯的方法，和想费尽唇舌的昴步调不一致罢了。

“这样的话，今天就到此为止吧？幸好捡回小命，还能看到明早的太阳。另外还破坏了对方的目的，成果挺不错啦。”

阿尔故意大声说话，想破坏昴和亚伯之间的尴尬气氛。

体会到阿尔的心意，昴点点头，说道：“说的也是。”

就算遇到了各种始料未及的事态，但攻略尤尔娜·米西格雷的第一步，在阿尔和米蒂安的帮助下已经达成了最圆满的成果。剩下的只有等待明天的结果了。

“果然啊，疲劳感一下子涌上来了呢。”

今天已经无事可做了，一得出这个结论，昴的身体就变得沉重起来。

或许是因为解除了紧张状态，身体便意识到疲劳了吧。长途跋涉后马上进入城堡，然后遇到假皇帝一行人，还见到了尤尔娜，最后更是迎来事情的高潮。

“好困……可是，必须去保养鞭子……”

昴按住昏昏欲睡的脑袋，在模糊的意识中呢喃。

看到昴的样子，塔里塔搀扶他的肩膀，说道：

“夏美，你刚刚完成了重要任务，保养武器交给我吧。今天请早点休息，警惕夜袭的工作也交给我。”

“在城镇里还要警惕夜袭，真是不得了的世纪末……”

见塔里塔这么担心自己，昴笑了笑，决定接受她的好意。

深深吐出一口气后，昴回到自己被分到的房间。只是，这时候——

“呜——”

“又是你……”

本应被隔离在隔壁房间的鲁伊，迫不及待地飞扑向昴。鲁伊抓住他的手，昴抱着头，感觉十分厌烦。

昴并不讨厌小孩子这种请求别人陪自己玩的举动，前提是对象不是鲁伊。只要对象是鲁伊，昴就不能放松警惕，在疲倦的情况下就更要提高警惕。

昴默默地把手伸向鲁伊，在她白皙的额头上轻弹一下后，对方“啊呜”一声退后了。

“我没空理你。好了，请让开。”

“啊——呜啊——”

“啊——她又跑下床了！对不起，小夏美。小鲁伊，你的房间在这边，跟我一起！”

鲁伊按住额头，米蒂安从后面将她一手抱起。鲁伊拼命地蹬腿挣扎，想再次扑向昴。

二人的身影再次消失在门后，这次鲁伊的恶行总该告一段落了。

“真是的，都是些什么事啊……”

“她对兄弟更执着了。是那个吧？就算她没听见对话，也能感觉到兄弟跟死神擦肩而过。”

如果阿尔说的是事实，那么鲁伊的态度就是在担心昴。

按照昴的情感来说，要承认这一点是很困难的事情。表面上，鲁伊的举止就像天真无邪的小孩，但她内心深处其实暗藏着邪恶且无法原谅的恶意。

坚信这一点，是昴和鲁伊关系的大前提。

“亚伯，我要在房间休息。你……”

“没关系。就算你在，发生什么事时也帮不上忙。”

“你不要把所有事都推给塔里塔小姐，至少帮忙警惕夜袭。”

对方的回答让昴觉得自己的担心是多余的，于是他也不甘示弱地还嘴。

看到被夹在中间的塔里塔手足无措，昴对她感到很抱歉。至此，趁着休息前排解不满，终于告一段落。

“卸妆、脱衣服……然后像一摊烂泥一样睡过去。”

回到被随便分配的房间后，昴按从头到脚的顺序脱下女装。

现在已经离开修德拉格部落，没法轻易修补假发，需要认真仔细地使用和保养。于是，昴开始慎重地处理假发。

他把假发放进网眼很细的网中搓洗，又细心地清洗脱下来的衣服和靴子。

做完最基本的处理后，昴才倒在床上，闭起眼睛，让意识渐渐远去。

“到了……明天……”

情况又会有变化。

情况一发生变化，看到的东西也会随之变化。看到的东西产生变化，就能开辟出道路。道路被开辟，就能接近目的地。在目的地，会有遥遥相隔的各位。

“雷姆、贝亚子……爱蜜莉雅炭……”

伴随胸口的疼痛，昴在异国他乡呼唤心爱之人的名字。

呼唤着她们的名字，盼望着再度相会，意识逐渐模糊……

7

意识缓缓清醒，昴在床上睁开了眼睑。

他平常不是那种很快入睡的人，可能是昨天真的累了，所以睡得很香，甚至忘记有没有做梦。

一觉睡醒，他以为身体的疲劳差不多缓过来了，不料——

“怎么了？”

催促昴觉醒的不是充足的睡眠，而是吵闹的气氛。

昴休息的寝室门后，传来热闹的声音和气氛。它们代替了闹钟，把昴从睡梦中拉了起来。

——在吵闹的气氛中醒过来，绝对不是吉兆。

阳光透过拉上的窗帘缝隙洒进室内，由此可以得知现在刚过清晨。

感受着一大早就热热闹闹的魔都气氛，昴盯着放在一旁阴干的假发，犹豫着下一步该怎么做。

想想至今为止发生的事情，他应该先打扮成夏美·施瓦兹。可如果门后发生了紧急情况，他就没有时间穿女装了。思考了片刻，他决定不管怎样，要先确认发生了什么事情。

本来，仓促的情况下贸然做决定就很有可能犯错。如果是重大事件，那么阿尔、米蒂安、塔里塔……总之亚伯以外的人应该会来叫醒昴。所以……

“啊?!”

他一边思考，一边下床，结果肩膀着地，摔倒在地上。

撞击让昴两眼冒金星，他对发生在自己身上的事感到诧异。并不是身体不舒服，也不是踩到随处乱放的换洗衣服。

好像只是因为目测出错，脚才踩空了。

——昴的脚够不到地板。

“怎么可能……”

昴虽然经常烦恼自己腿短，但也不至于会对日常生活造成影响，更何况自己和这具身体好歹也有十八年的交情。

怎么会犯这种过失？撑起身体后，他才发现——房间里的所有东西莫名地比睡前看到的都要庞大。

“喂，喂喂，开什么玩笑，这是怎么……”

两颊僵硬、声音颤抖的他摸了摸自己的脸。接着，格外嘈杂的心跳声让他的呼吸变得急促，手脚在肥大的衣服阻碍下艰难爬行。

就这样，昴把手伸向包里，拿出镜子。整理妆容和打扮时必不可少的镜子，这时映照出自己的样子，还有发生的事态——

“这是……什么……”

看到映在镜子里的人，昴目瞪口呆地嘟囔道。

颤抖的手里握着的镜子，映出的就是菜月昴本人。

只不过——

那是差不多年轻了十岁，还显年幼的少年菜月昴。

[完]

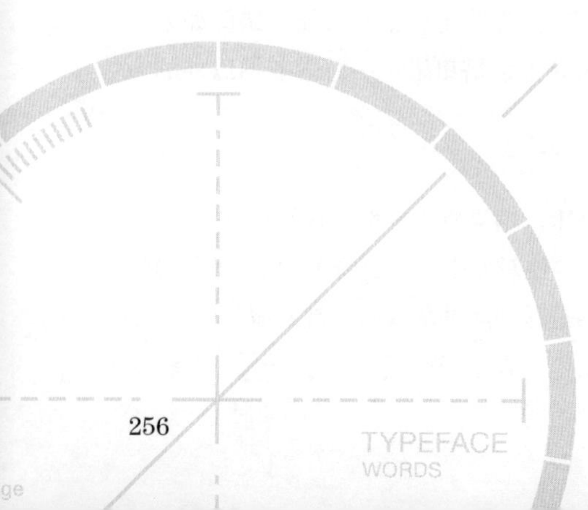

The only ability I got in a different world "Returns by Death".
I die again and again to save her.

后记

Re:从零开始的异世界生活

Re: Life in a different world from zero

好的，各位读者，辛苦了！我是长月达平，也是鼠色猫。

感谢各位一直陪伴“从零”到第28集。“第28集”说起来轻松，但这可是一个十分了不起的数字。出版到第28集，往年的各部名作漫画可能到这时候就完结了，能以轻小说的形式继续出版真是一件很不容易的事情。

这也是多亏各位读者一直以来的支持，本作今后还有很长的路要走，我衷心希望各位能陪伴到最后。

哎呀，第28集发生了不得了的事情，那就是一些熟悉的主人公身影在这集里面完全没有出现，搞不好在第29集也看不到他们。这就是本作的第7章，如果大家能乐在其中，我也会很开心！

操劳不断的主人公和进退维谷的迫切状况，无法相信的同伴加上深不可测的敌人，以及无计可施只能等待“死亡”来临的境况，以上各种正是本作的特色，一直看到第28集的各位读者应该很熟悉。

今后也会继续以这种不符合认知的故事发展和内容来吸引各位，作者也会致力于让主人公不懈努力！好，现在让我们双手合十！

那么，一如既往地碍于有限的篇幅，请允许我进入惯例的致谢环节！

责任编辑 I 先生，我这次也是踩着年末的截稿日期紧迫写作，在这个过程中非常感谢您提供各种帮助。包含画册发售在内，紧张忙碌的日子持续了很久，但接下来还请继续多多指教。

负责插画的大塚老师，第28集中出现了许多新角色，还有新舞台魔都“红琉璃城”的设定，各方面都要感谢您的大力支持！不仅如此，对于主人公的各种变装您也给予了配合，一直以来真的、真的非常感谢您！

负责设计的草野老师，这次的设计与至今为止的封面风格有点不同，但和其他系列封面完美融合，真的非常出色。一直以来承蒙您的关照！

在改编漫画方面，《月刊Comic Alive》上正在连载由花鸡老师和相川老师负责的漫画版第四章，承蒙两位关照！漫画最新刊的发售时期应该和本书很接近，若各位读者能一睹书店卖场，我将深感荣幸。书店卖场的布置每次都让我大饱眼福！

还有就是承蒙MF文库J编辑部的各位、校对人员，还有各家书店负责人员和销售人员，以及各方人员的诸多关照。一直以来非常感谢各位！

最后，再次对一直支持本作品的各位读者致以最大谢意！

新的舞台和新的苦难，今后也会编织出让人百看不厌的故事，请各位坚忍地陪着我到最后一刻吧！

那么，期待能在下一集见面！

2021年12月

（每年都会惊讶于一年时间过得飞快，同时在畅想明年）

佛拉基亚名胜百景
红瑠璃城
大塚真一郎

「里面描绘了小夏美他们遇到我们之前的回忆吧！」

「画集里有大塚老师对插画的评论和访谈，还附送收录了至今为止所有店铺特典的特典小说，有好多让人期待的事情啊！」

「我不像哥哥有判断东西好坏的眼力，不过我喜欢漂亮的插画！哥哥会画吗?!」

「哈哈哈！别说得那么简单，我的妹妹。那可是努力和钻研的成果。只能坦诚地送上赞叹。还有……哎呀？」

「怎么了，怎么了？啊，是雷姆！还有跟她长得一样的女孩子？」

「呼，这位应该是老板说过的，夫人的姐姐吧？今年似乎也会举办她们的生日活动哟！」

「哇，生日！真好！我也想庆祝！哥哥呢？」

「当然想。我也最喜欢庆祝了！为了让大家能无忧无虑、开心地享受庆祝活动，我们也要努力！」

「嗯嗯！那我去稍微努力一下，哥哥！」

「好！朝气蓬勃地、明亮开朗地震撼全世界吧，我的妹妹啊！」

（注：以上日期均为日本的发售时间。）

「嗯！所以说！这次的重要任务就交给我们了，我的妹妹啊！」

「好厉害呀，哥哥！虽然我完全不知道要干什么，不过值得庆祝！」

「哈哈哈！这么有精神和气势，不愧是米蒂安！正因如此，才值得老板和村长先生把任务托付给你！」

「小夏美他们吗？那得好好加油啊！我要做些什么呢？」

「这次分配给我们的工作……是关于这部作品的宣传和报告！也就是说，是为我们这种旅行商人量身定做的工作哟。」

「哈哈，原来如此！不过，只有哥哥是旅行商人，我的工作是哥哥的护卫，能帮上忙吗？」

「当然可以！在我的身边为我加油吧，我的妹妹啊！」

「明白了！加油，哥哥！不要输啊，哥哥！」

「绝对不会输！好，首先是第一个通知，关于向老板袭来的惊人事态，后续会在第29集里讲述！第29集预定在2022年3月发售哟！」

「啊！小夏美居然变成那样子，吓了我一大跳！不过，我也跟他在一起，我会加油努力帮助他的！」

「这样才对，我的妹妹啊。尽管大闹一场吧！」

「那么那么，其他呢？」

「嗯！在本书发售的同时，收录了大塚真一郎老师绘制的各种插画的「从零」画集第二部也会同时发售！」